JN089900

ほっといて下さい2
〜従魔とチートライフ楽しみたい！〜

三園七詩
Nanashi Misono

Regina

RB
レジーナ文庫

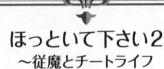

シルバ
魔獣フェンリル。
ミヅキの従魔で
高度な魔法を自在に操る。
ミヅキ命。
シンク
鳳《ほう》凰《おう》の雛。
ミヅキに命を救われ、
従魔の契約を結ぶ。
ミヅキ
事故で命を落とし、幼女として
転生してしまった。
スローライフを送りたいのに
たびたびトラブルに巻き込まれる。
周囲が過保護すぎるのが悩み。
CHARACTERS
登場人物紹介

シリウス
ユリウス
アルフノーヴァ
セバスの師匠。
齢三百歳を
超えるエルフ。
ディムロス
ギルドマスター。
強面だが、懐が深く優しい。
ミヅキには「じいちゃん」と
呼ばせている。
レオンハルト
ウエスト国の第一王子。
シリウス&ユリウス
兄弟の主。
セバス
副ギルドマスター。
美しきナイスミドル。
腹黒で、怒ると
超絶怖い。
コジロー
短剣使いの忍者。
ギルドでは、ミヅキの
講師を務める。
無口だが愛情深い。
ベイカー
誠実で頼りがいのある
A級冒険者。
ミヅキの保護者で、
彼女には常にデレている。

目次

ほっといて下さい２

～従魔とチートライフ楽しみたい！～

プロローグ

朝から気持ちのいい陽光を浴びて、私はぐいっと伸びをした。

今日は朝ご飯を食べたら冒険者ギルドに行く予定だ。

私には日本で会社員をしていた記憶がある。しかし、不幸にも交通事故に遭い、前世の記憶を持ったまま小さな女の子、ミヅキに転生してしまったのだ。

なぜこんな子供に……と不憫《ふびん》に思うだろうが、心配はご無用！

なんと私は、この世界の優しい人達に拾われ冒険者になったのだ。それに――

【ミヅキおはよう】

【ミヅキ！　おはよう】

イケメンフェンリルのシルバと可愛い鳳凰《ほうおう》のシンク、この二匹が私の従魔となってくれてテイマーとしてお仕事をしているのである。

【シルバ、シンクおはよう】

二人に笑顔で挨拶《あいさつ》をして朝ご飯の準備に入る。仕事の前にはしっかりと食べないとね！

今日はなにを作ろうかな～。

シルバ達に食べたいものを聞くと、すぐに肉が食べたいと返事があった。……朝から肉か、まぁ皆よく食べるしいいか！

その時、ベイカーさんが「おはよう」と眠そうな顔で自室から出てきた。

ベイカーさんはここの家主で、異世界に転生して一人途方に暮れていた私を、家族同然に迎え入れてくれた親代わりのような人。たまに溺愛が過ぎるけど、とっても頼りになる大好きな人だ。

「なんか美味《うま》そうな匂いだな」

ベイカーさんは朝ご飯を作っていた私の手元を覗き込む。

朝ご飯はシルバがリクエストした肉を使って、ミノタウロスのハンバーガーにすることにした。

まずはミノタウロス肉をミンチにしてハンバーグのパティを作る。

次に、フライパンを用意する。火はシンクにおまかせ。シンクは火魔法が得意なので、火の調節はバッチリ！

ジューッとパティが焼けるいい音が聞こえる。

「お！　ハンバーグか？」

顔を洗って戻ってきたベイカーさんが、朝から肉かと嬉しそうに頬を綻《ほころ》ばせる。

ベイカーさんにパンを出して焼いておいてもらい、私は野菜の準備に取りかかる。トマトをスライスして菜っ葉を洗っておく。

パティにいい感じに火が通ったところで、チーズを載せてシンクに火を止めてもらう。

「ベイカーさん、パン焼けましたか？」

振り返るとベイカーさんがすでにパンを用意していた。

熱いのでとりあえずお皿に載せてもらい、半分にスライスしてもらう。

そこにトマト、菜っ葉、パティを載せてパンでフタをして、朝からガッツリ肉汁が滴《したた》るミノタウロスハンバーガーの出来上がり。

さぁ、どうぞと皆の分を皿に取り分ける。

シンクは小さいので私と半分こ、仲良くハンバーガーを二つに切った。

いただきますと手を合わせると、三人とも美味《うま》いと言って食べてくれる。その顔を見るのがなによりも楽しみ！

満足して微笑むと、私もハンバーガーにかぶりついた。

うん、美味《おい》しい！　だけどそろそろ日本食が恋しいなぁ。お米、味噌《みそ》、醤油《しょうゆ》、市場にはなかったけど……いつか見つかるかな？

今度コジローさんに聞いてみようかな。

ちなみに、コジローさんは私がギルドで初めて講習を受けた際に、講師を引き受けてくれた青年だ。忍者のような装いをしていて、右目に大きな傷があり、とっても優しくてかっこいい！

忍者ルックに日本人らしい名前……もしかして、コジローさんの故郷は日本と似た文化が根づいているのだろうか。だとしたら日本食についてなにか知っているかも。

私が転生したことは、シルバ達従魔しか知らない秘密なので、バレない程度に聞き出そうと心に決める。

「そろそろギルドに行くか？」

朝食を食べ終えるとベイカーさんが声をかけてきた。

「はーい」と返事をして出かける用意をする。といっても身一つだけだが。

私がシルバの背に乗ると、シンクが肩にとまった。

これで準備完了！　いざ出発！

私達は意気揚々と玄関の扉を出たのだった。

「ミヅキ、依頼はどうする？　コジローについてきてもらうか？」

ギルドに着き、依頼を受けようとすると、早速ベイカーさんの過保護が発動した。

初めての依頼だが、コジローさんだって自分の仕事があるだろうし、シルバもシンクもいる。私は丁重に断った。

それでも苦い顔をするベイカーさんに、危ない依頼は受けるつもりはないからと説得すると、

「じゃあ、この依頼にしろ」

渋々一枚の依頼書を指さした。

〈依頼書〉
ヤク草採取……五本一組を十束
シブキ草採取……五本一組を十束

「ヤク草とシブキ草……」

首を傾げながら、内容を読み上げた。すると、ベイカーさんがなぜかびっくりしてこ

ちらを凝視《ぎょうし》する。

「ミヅキ……お前字も読めるのか？」

えっ……ああ、そういえば普通に読めた。見たことない文字だけどちゃんと理解できる。

「うん、読めるよ」

コクリと頷いてベイカーさんを見上げる。

彼がピシリと固まったと思ったら、今度はなんだか悶《もだ》えている……しばらく様子を窺《うかが》っていると、諦めたように「まぁ、ミヅキだしな」とボソッと呟いた。

この世界に来て、最初こそ舌足らずだったけど、今はレベルが上がったからなのか、従魔と契約したからなのか、かなりスムーズに話せるようになった。それと同時に、文字を読む能力も上がったのかもしれない。

「ミヅキ、冒険者はあんまり字を読んだり書いたりできないんだ。このことはなるべく人に言うなよ。まぁ、歳のわりにしっかりしてるし、シンクを助けたことで少し成長したみたいだしな。もしバレたらそう言って誤魔化《ごまか》せよ」

ベイカーさんは屈《かが》むと私の耳元に顔を寄せ、こっそり教えてくれる。

「はい」

黙ってますと小さく頷いておいた。

「ベイカーさんは読めるの？」

「Ｂ級以上の奴ならほとんど読める。じゃないとできない依頼が多いしな」

字が読めないとお仕事もできないのか！　大変だなぁ……

じゃあ、他の人はどうしているのだろうか。気になって尋ねたところ、読める人もたまにはいるけれど、普通は受付の人に聞いたりするのだそうだ。

いろいろ大変だし面倒だが、仕事をするのにそこまで問題はないとか。とはいえ、それなりに上のランクに行きたいならやはり読み書きは必須らしい。

ただ私ぐらいの歳で読めるとなると流石《さすが》に目立つようで、なるべく読めない振りをしていたほうがいいとのこと。目立つのよくないしね。

「で、依頼に問題ないか？」

ベイカーさんが聞いてくるので、

「ヤク草は分かるんだけど、シブキ草が分かりません」

正直に分からないと首を横に振る。

「シブキ草は毒消し草の材料だ。匂いが少しするんだが……」

ベイカーさんはそこで一旦言葉を区切り、収納魔法で亜空間からシブキ草を取り出してくれた。

「これだな」

シブキ草を手渡される。

くんくんと嗅《か》いでみると少し独特な匂いだった。多分鑑定で分かるかな。

大丈夫そうなのでこの依頼にすることにした。

というか、ベイカーさんがこれ以外は駄目だって言うし……

私が頷いたのを確認した後、彼は満足そうに微笑み、壁から依頼書を剥《は》がした。そして、これを頼むと言って、受付嬢のフレイシアさんに渡す。

「ミヅキさん、初めての依頼ですね。頑張ってくださいね」

フレイシアさんが笑顔で声をかけてくれる。

他の冒険者の人達も、すれ違うたびに「頑張れ」と声をかけてくれた。本当に皆、優しい人達ばかりだ……

私は嬉しくなって、ピシッと手を上げて「頑張ります」と宣言した。

それからギルドの外へ出て、ベイカーさんとはそこで別れるつもりだった。

だが、ベイカーさんがくどくど注意事項を言ってくる……しかし、初めての依頼に浮かれている私は、右から左に聞き流していた。

シルバもシンクもいるし大丈夫でしょ！

最後にベイカーさんから「絶対、遠くまで行くなよ！」と念を押される。

まったく子供じゃないんだし、そんなに同じこと何度も言わなくてもいいのに……って私、今子供だった。

心配してくれるのは嬉しいが、もうちょい信用してくれてもいいんじゃない？

心配性のベイカーさんと別れて、シルバに乗って町の門まで行くと、門番のお兄さんに止められる。

「どこに行くんだい？」

そう声をかけてくれたので、依頼書を見せた。

「依頼で採取に行ってきます」

初めての依頼が嬉しくてつい堂々と見せると、くすくす笑われてしまった。

「頑張ってな。暗くなる前には戻るんだぞ」

お兄さんが優しく目を細めて、送り出してくれる。

私はバイバイと手を振り、シルバに頼んで森のほうへと進んでもらう。

以前コジローさんに講習を受けた辺りまで来て、鑑定をしながらヤク草とシブキ草を探した。しばらく一生懸命になってヤク草を探していると、突然シルバから声がかかった。

【ミヅキ！　魔物が出たぞ】

【えっ！　魔物？】

ハッとして顔を上げ、どこどこと周りを見るが見当たらない。

【あそこの草むらの陰に兎《うさぎ》の魔物がいる】

シルバが鼻先で教えてくれる。

シルバが見るほうにじっと目を凝《こ》らす。その時、草むらが動き、兎《うさぎ》の形をした気味の悪い獣が姿を現した。

【うわっ！　どこが兎《うさぎ》？　可愛くないね】

私が顔を顰《しか》めると、シルバが倒してもいいかと聞いてくる。

【うん！　お願いしてもいい？】

頷く私を一瞥《いちべつ》して、ちょっと離れていろと言いながらシルバは魔物に向かって一歩踏み出した。私は素直に従って、シンクと共に木の陰に隠れながら様子を見守る。

【風弾】

シルバが風魔法を放つと、兎《うさぎ》の魔物は一瞬にして跡形もなく消え去った。魔物がいた場所にポッカリ穴が開いている。

「……」

あまりの衝撃に一瞬唖然としてしまう。しかし、すぐに我に返り、必要以上の攻撃をしたシルバを注意する。

【シルバ！　なにしてるの、ちょっとやりすぎじゃない！】

【これでいい】

シルバはなぜか得意げになって、ふんっと鼻を鳴らす。

満足そうなシルバを見ていると、なんだか怒気が削がれてしまう。まぁ、楽しそうならいっか。

私はまたヤク草採取に戻った。


「ふー！」

そろそろいいかな？

その後、集中してひたすら集めたヤク草とシブキ草を束ね、収納魔法でしまっておく。

鑑定を使うと楽チンで、どんどん見つかり楽しかった！

ルンルンと機嫌よくシルバ達を見て、声をかける。

【シルバ、シンク。そろそろ帰ろっか～】

【……ああ、乗れミヅキ。ちょっと走って帰るからな】

【まだ暗くないし、急がなくてもいいよ？】

なぜか早く帰りたがるシルバを不思議に思い、別に走らなくてもいいと伝える。だが、シルバは駄目だと首を横に振った。

【いや、きっとベイカーが心配してるぞ。早く帰ってやろう】

ベイカーさんのことも思いやれるなんて、シルバは本当に優しくてできる子だなぁ！

いい子には頭をなでなでだっ。

シルバを優しく撫《な》でると、ちょっと機嫌が悪そうだったのが、すっかりご機嫌になった。ふさふさの尻尾が左右に揺れている。

【よし、行くぞ】

シルバの背に乗り、しっかりと掴まってから、よろしくと言おうとして口を開いたその時。

――ビュン！

「えっ？」

気が付くと、あっという間に門の前に着いていた。

【は、速いね……】

【ああ、たまには動かないとな】

そんなに運動してなかったのかな……。運動不足はよくないから、今度、全力で体を動かせるようにどこかへお出かけしよう。

門番のお兄さんも突然現れた私達に驚きながらも「おかえり、早かったね」と笑って声をかけてくれた。それに「ただいま」と照れながら答え、門を通りすぎる。

シルバ達とギルドに戻り、フレイシアさんに依頼書と採ってきたヤク草とシブキ草を出す。

「ちょっとお待ちください」

フレイシアさんがにっこり笑って、私の手から薬草を受け取り、奥のほうに下がっていく。

言われた通りに大人しく待っていると、ほどなくして彼女が戻ってきた。

「確認いたしました。確かに依頼通りです。こちら依頼報酬《ほうしゅう》になります」

フレイシアさんはそう言って、銅貨六枚を差し出した。

わぁー！　異世界に来て初めてのお給料だ、なんか感動する。

私は「ありがとうございます」と笑みを浮かべながら伝え、両手でしっかりと受け取った。

銅貨六枚ってことは、日本だと六百円くらいの価値かな？　まぁ、草を摘んだだけだもんね。それだけ貰えればいいほうかな！

そんなこんなで、私は初めて自分で稼いだお金にウキウキとするのだった。

一　厄介《やっかい》な客

ミヅキが依頼を受けていた時、その様子をずっと見ていた男がいた。

男はミヅキが一人で森に行くのを確認すると、仲間のもとに戻った。黒髪の男は一軒のボロ屋に入り鍵をかけた。

「どうだった？」

小屋の中には三人の男女がいた。そのうち一人の女――C級冒険者のビークワイが男に声をかける。

「今日依頼を受けて、先程森に向かいました」

「そう……じゃちょっと様子見がてら行ってみようかしら。あんた達、分かってるでしょうね」

男の言葉を受けて、ビークワイは意地の悪い笑みを浮かべる。そして、自分の背後に控える男達をジロリと睨んだ。

「「はい！」」

「……」

彼女の視線を受けて、背後の男達は大きく頷き、一斉に返事をした。その様子を、黒髪の男は複雑そうな面持ちで見つめる。

それからビークワイと男達四人は小屋を出て、森へと向かった。


――数時間後。

バタン！

慌てた様子でビークワイ達が小屋に戻ってきた。

「なんなの！　あれ……」

彼女は冷や汗を流しながら、ブルブルと体を震わせる。

「あ、あの従魔。ずっと俺達を見てたぞ……気配も消して、あんなに離れていたのに……」

男達の顔にも同様に、嫌な汗が滴《したた》り落ちる。

「分かってて、風魔法であの兎《うさぎ》の魔物を攻撃したのよ！」

「あんなのが側にいたらなにもできないぞ！」

「ちょっと、作戦を変えましょう。まずはあの従魔達を、あの目障りな子供から離さないと……」

「だがあれだけの速さだぞ、全然追いつけなかった……」

「分かってるわよ！　別にあの従魔に喧嘩《けんか》を売るつもりはないわ！　要はあの子供がいなくなればいいんだから」

ビークワイは男達に怒鳴った後、忌々《いまいま》しげに爪を噛む。

「あれからベイカーさんも、私と約束していた依頼の期限を延ばすし……あの子供に振り回されてばっかりよ！　あの子さえいなければベイカーさんはこっちを見てくれるはず……やっぱり、あの男に頼むしかないかしら」

彼女がそう呟くと、

「あいつとは縁を切るんじゃなかったのか」

男達が顔を顰《しか》めてビークワイを見つめる。

「これで最後よ。あの子を売って王都に帰ってもらえばいいでしょう？」

ビークワイはすっと目を細めると、ご機嫌に笑った。

◆

――トントントン。

ふいにノックの音が響き、部屋にいた副ギルドマスターのセバスが「どうぞ」と声をかける。すると、受付のフレイシアが気まずそうに扉から顔を覗かせた。

そしてわしの姿を認めると、おずおずと口を開く。

「ギルマス、下にお客様が……」

「誰だ？」

予定はなかったはずだと考えながら、返事をする。

「レオンハルト様かと……」

嫌な相手の名前を聞いてしまった。

わしは思わずはぁーと深いため息をつきながら、顔を手で覆う。

「まずいですね」

セバスも渋い顔をする。

「アルフノーヴァのせいか？」

「多分、そうでしょう」

わしが聞くと、セバスは首肯《しゅこう》した。

「とりあえずアルフノーヴァを呼べ。それまでここで待っててもらおう」

フレイシアは頷いて、セバスの師であるアルフノーヴァを呼びに向かった。わしはセバスと共に足取り重く、レオンハルト様のもとへと向かった。

「遅ーい！　いつまで待たせるんだ！」

受付まで下りると、碧眼《へきがん》、金髪の見目のいい男の子が仁王立ちになってわしを待ち構えていた。その両隣には獣人の双子が佇《たたず》んでいる。彼はわしを見るなり大声で喚《わめ》く。

「お待たせいたしました。レオンハルト様、こちらにどうぞ」

とりあえずここではまずいので、わしの部屋へと案内する。

部屋に着くなり、レオンハルト様はドカッとソファーに座り込む。そして、わしに生意気な視線を寄越した。

「久しぶりだな、ディムロス」

孫ほど歳の離れた子供に上から挨拶《あいさつ》をされる。

「お久しぶりです、レオンハルト様。今日はどのようなご用件で、このような田舎《いなか》のギルドにおいでくださったのですか？」

「いや、大した用はないが、師匠が来ていると聞いて、弟子としてついていこうと思ってな！　久しぶりだし、お前にも挨拶《あいさつ》をしておこうとこうして来てやった訳だ」

嫌味っぽく聞いたのだが、まったく効いてない。しかも余計な気遣いを……ならば、こう言えば流石《さすが》に怯《ひる》むか？

「お父上様は、知ってるんですか？」

「あ、いや、まぁな」

歯切れが悪い答えが返ってきた。これは内緒で来たなと思い歯噛みする。

この図々しい子供はレオンハルト様、このウエスト国の王子だ。確か歳は十二歳、見目麗しい顔立ちに加え、王子と言う立場から我儘《わがまま》放題に育てられた。

「それよりも、さっきギルドの連中が話していたハンバーグとやらを食べてみたい！　なにやら新しくできた料理で大層美味《うま》いと聞いたぞ！」

レオンハルト様は前のめりになりながら興奮している。なるほどこれが目当てか……ならさっさと食べさせて、アルフノーヴァと一緒にとっとと王都に帰ってもらおう。

隣にいたセバスも同じように思ったようで、うんうんと頷いていた。

「なるほど、ハンバーグですね。店だと混んでおりますのでこちらに運ばせましょう」

下手に出歩かれては面倒だからな。だが、そんなこちらの気持ちも知らず、構うなと断られる。

「今回は師匠の弟子として来た。普通の貴族として扱えばいいぞ、名前もレオンと呼べ」

普通の貴族の子供はギルマスを呼び捨てにはしないものだが……なんと面倒くさい。

「町も勝手に見て回るから問題ない、構わなくていいからな」

レオンハルト様は、気楽そうに笑っている。

そんなことできるか！　生意気なガキでも一応この国の王子、なにかあれば町の問題となる。まったく……頭が痛くなる。

「警備も要らんぞ。こいつらがいるからな」

そう言ってレオンハルト様は、先程から微動だにせず後ろに佇《たたず》む獣人の双子を指さす。

それから、じゃあ行くかと席を立とうとするので、わしは慌てて止めた。

せめてアルフノーヴァが来るまでは引き留めたい。

「もうすぐ、アルフノーヴァが来ますのでそれまではお待ちください！」

「いや、師匠に迷惑をかける訳にいかない。後で自分から挨拶《あいさつ》に行くから、黙っていてくれ」

そう言うなり、獣人達を連れてギルドを出ていってしまった。本当に挨拶《あいさつ》するためだけに来たようだ……

「どうしましょう」

セバスがわずらわしそうに眉を顰《ひそ》めた。

「ほっとこうぜ」

もう面倒くさい、いっそ知らなかったことにしたいくらいだ……

「そういう訳にはいきません。仮にも王子ですよ。なにかあればこの町の責任になります」

考えたくなかったことを突きつけられる。

「はぁー」

わしは盛大なため息をついた。

二　客

初依頼を無事終えた私はベイカーさん、シルバ、シンクとドラゴン亭にいた。

ここは、ベイカーさんの行きつけの食堂で、私が前世の記憶をもとにハンバーグ料理を教えた店でもある。

「それで玉ねぎを炒めて入れて、たまご、パンを削ったのを牛乳に浸して、塩こしょうで味つけすれば、やわらかめのハンバーグになるんです」

そして、私は今、ドラゴン亭の料理人にハンバーグのアレンジレシピを教えていた。

「ハンバーグのたねはいろいろと試してみるといいと思います。オーク肉とミノタウロス肉を混ぜたりするのもいいですよ」

ちなみに私は合い挽《び》きが好きだった。

「後はポルクスさんの牛乳を使ったホワイト煮込みも作りたいですね！」

ペラペラと料理について喋《しゃべ》っていると、皆がポカンとしている。

「あれ？」

首を傾げて周囲を見ると、おかみさんの美人なリリアンさんが尋ねてくる。

「ミヅキちゃんのそのアイディアはどこからくるの？」

どうやら皆、私の料理の知識についてこられないようだ。唯一ルンバさんだけがうんうんと反応してくれる。

「じゃあ、この煮込みに牛乳を足せばいいんだな？」

「そうです！　出汁《だし》がもう出てるからそれだけでも美味《おい》しいと思います！　とろみをつけたければそれに小麦粉をバターで炒めたものを溶いて入れるといいかな。そのスープでハンバーグを煮込むんです」

ホワイト煮込みハンバーグ！　食べたい！　是非ともルンバさんに作ってもらいたい。

私の願望を叶えてもらうため、ルンバさんに次々とレシピを教えていく。

「おーい、誰かいないか？」

すると、お店のほうから声が聞こえてきた。

もう人気のハンバーグが売り切れてしまい、すでにお店は閉めていた。そうとは知らず、誰かが勝手に入ってきてしまったみたいだ。

「すみません、もう今日は閉店なんですよ」

リリアンさんが対応して声をかける。

「王都からはるばる来たんだ。なんか食わせろ」

聞こえてきた横柄《おうへい》な台詞《せりふ》に、私はカチンときて、顔を覗かせてどんな客か見ようとした。

「駄目だ」

しかし、ベイカーさんがそれを阻《はば》むようにサッと私を抱き上げた。

え？　なんで？　どうしたのだろう。

尋ねる間もなく、キッチンの奥に連れていかれる。

「あいつはまずい。ミヅキいいか、ここで大人しくしてるんだぞ！」

ベイカーさんがあまりに真剣な顔で言うので、素直に頷いた。

小さい体を更に小さくしてキッチンの隅に隠れていると、リリアンさんの声が聞こえる。

「すみませんねー。もう材料がなくて、また明日来て並んでくれる？」

リリアンさんはせっかく来てくれた客だからと丁寧に対応していた。しかし、その客は不機嫌そうに文句を言う。

「嫌だ、僕は今食いたいんだ。今すぐ作れ！　材料ならこいつらが買ってくるから」

どうやら後ろにいる連れを指さしたようだ。

何様だ！　感じ悪いなぁ……

声の感じだと幼いみたいだ。関わりたくないタイプだなぁ。

「ん？　あれ？　ベイカーさんじゃないか！　なんでこんなところにいるんだ！」

その時、先程の横柄《おうへい》な男の子が、ベイカーさんに気付き話しかけた。

「ああ、ここは馴染《なじ》みの店なんですよ」

——えっ！

私はびっくりして、声が出そうになり、慌てて口元を押さえた。ベイカーさんが敬語？

今までベイカーさんが敬語で話していたのは、ディムロスさんかセバスさんくらいだ……あっ、あとアルフノーヴァさん。

それでもいつもは砕けた感じで話すのに、この相手には他人行儀の敬語で話している。

一体何者なんだ。

「ベイカーさんからも言ってよ！　僕はここの料理が食べたいんだ」

男の子は相変わらずベイカーさんにも我儘《わがまま》を言っている。

「レオンハルト様、このことはお父上様は知ってるんですか？」

「いや、父は関係ない！　僕はアルフノーヴァ師匠の弟子としてここに来たんだ！　師匠に食わせる前に味見しないと」

アルフノーヴァさんの名前を出して、言い訳を始めるレオンハルトという男の子。

それにしてもアルフノーヴァさんの弟子って、どういうこと……？

「とりあえず今日は駄目です。お帰りください。帰らないのならギルマスとセバスさんを呼びますよ」

窘《たしな》めるようにベイカーさんが言うと、彼は渋々帰ろうとして扉に向かう。控えていた獣人が扉を開くが、なかなか外に出ていかない。

「また、明日お店が開いたら来てください」

リリアンさんがそう言って笑って声をかけた。すると、ようやく諦めたのか三人は外へと出ていく。

「ベイカーさん……もう平気？」

私は小さい声で出てもいいか確認する。

「ああ、もう大丈夫だ」

ベイカーさんからの許可が出たので、いそいそと店内に顔を覗かせる。

「それで？　あの子供は誰なんだい？」

リリアンさんが片眉を上げて、ベイカーさんに問いかけた。

「昔、護衛の依頼で会ったことがあるんだが……まぁ面倒くさい性格と、家柄でな……アルフノーヴァさんの弟子なのか……」

あまり言いたくないのか、ベイカーさんは言葉を濁《にご》した。

「リリアンさん、ルンバ、明日は頑張ってくれ。俺達は近づかないから」

よろしくと手を上げる。

「ミヅキも近づくなよ」

「はーい」

頼まれても側にいたくない。私は素直に返事をした。

その後、ルンバさんとハンバーグ談義をして、いくつか試作品を作ってみる。出来上がった料理を前にして、ルンバさんがやる気を漲《みなぎ》らせていた。

私も完成品を楽しみにしてると言って、ベイカーさんとドラゴン亭を後にした。

帰り道、ベイカーさんがちょっとギルドに寄ると言う。どうやら先程の子供のことを報告するようだ。

「ミヅキも来るか？」

うーん……と悩んだが、今日はいいと断る。

「じゃ、シルバ達と先に家に帰ってろ。シルバ頼むぞ」

ベイカーさんは手を上げてギルドのほうに駆けていった。

【じゃ、シルバ、シンク帰ろ】

ベイカーさんの背中を見送ってから、私はシルバ達に声をかけて、歩き出した。

【ミヅキ、煮込みハンバーグとやらはいつ食える？】

シルバはドラゴン亭での会話を聞いていたようで、新しい料理に興味津々《きょうみしんしん》だった。

【ルンバさんが張り切ってたから、結構すぐに食べられるんじゃないかなぁ】

笑って言うと、シルバは楽しみだと尻尾を振った。

それから順調に歩みを進めていたところ、私達の横を走り過ぎた女の人が目の前で派手に転んだ。

咄嗟《とっさ》のことに驚き、私はシルバから下りて女の人のもとへ駆け寄って声をかける。

「だいじょうぶですか？」

手を差し伸べると、

「ありがとう……いたっ！」

女の人はお礼を言いながら手を握り返そうとして、顔を顰《しか》めた。立ち上がろうと試みるも、足を押さえて座り込んでしまう。

「足を怪我したみたい……」

痛そうに自分の足をさすっている。

「どうしよう」

不安そうな顔をするので私は思わず尋ねた。

「どうしたんですか？」

「実はこれを届ける途中で……」

女の人は、持っていた包みを私に見せた。

「これを急いで届けないといけなくて……でもこの足じゃ間に合わないかも」

不安げに瞳を揺らして、泣きそうになってしまっている。そんなに大事なものなのかな……

不憫《ふびん》に思い、私が代わりに届けましょうかと申し出た。

「いいの!?」

途端、女の人は嬉しそうに顔を輝《かがや》かせた。

「どこに届けるんですか？」

「この先にある、ライラの店ってところなんだけど……本当にいいの？」

すまなそうにこちらを見上げる。

「だいじょうぶです」

近そうだし、シルバ達もいるから問題ないだろう。私は笑って荷物を受け取った。

「お店の中にいるティーガさんて人に渡してほしいの」

「分かりました。おねーさんのお名前は？」

「私は、ミリア……あなたのお名前は？」

「私はミヅキです。ミリアさん、きっと届けます。足、早くよくなるといいですね」

そう笑って答えると、ミリアさんは少し戸惑ったような表情を見せた。

「……ミヅキちゃん」

ミリアさんが物言いたげに私を見つめたその時、遠くでなにかが壊れる大きな音がした。

その音に私もミリアさんもびっくりして、一緒に首を竦《すく》める。

「……ミヅキちゃん……お店には動物は入れないの、あの子達は従魔よね？　一緒にお店には行けないけど、大丈夫？」

ミリアさんはシルバ達を一瞥《いちべつ》して、申し訳なさそうに聞いてきた。

動物が入れないということは、飲食店なのかな？

まぁ、外で待っててもらえば問題ないだろう。私は大丈夫だと頷いた。

ミリアさんと別れ、シルバ達とお店に向かう。

大体の場所を聞いておいたので迷うことなく着いた。

目的のお店は、いろいろな商店がひしめく通りの端にあった。

外見ではなんのお店か分からない。看板には『ライラの店』と書いてあるだけだった。

【じゃシルバ、シンク。届けてくるからここで待っててね！】

【ああ、ミヅキ、気をつけるんだぞ】

シルバに言われ、私は大丈夫だよと笑って店内へ入っていった。

「すみませーん」

声をかけながら扉を開けると、中にはテーブルが三つほどあった。カウンターも設置されており、バーのような雰囲気だ。

お客さんと思われる人が数人いたが、どの人がティーガさんか分からない。

私はとりあえずカウンターの内側にいるお店の人に声をかけた。

「すみません。荷物を届けに来ました。ティーガさんはいますか？」

お店の中を見回しながら尋ねると、店員さんはカウンター横にある通路を指さす。

「……こっちの奥の部屋にいる」

通路はカーテンで目隠しされていて、中の様子は窺《うかが》えなかった。

「入っていいですか？」

聞くと、店員さんは「ああ」と頷いたので、私はカーテンを抜けて中へと入っていった。

◆

【ミヅキ……遅いなぁ】

【うん】

俺とシンクは、店の外でミヅキの帰りを待っていた。

……だが、いつまで経ってもミヅキが一向に出てこない。

【ねぇシルバちょっと遅すぎない？】

シンクが心配そうに聞いてきた。

【そうだな……よし行くぞ】

あまりに遅いので、俺達は堪らず店へと入った。

【どういうことだ……】

中に入って驚いた。店内にはなにもなかったからだ。

誰もいないのはもちろん、テーブルもイスもなにもない。

そこには店などなかったのだ。

【ミヅキはどこに行った⁉】

俺はミヅキの匂いを辿ろうとするが、変な臭いが邪魔をしてよく分からない。ミヅキの足取りを掴めなかった。

【シンク、急いでベイカーのところに行く！　お前は上からミヅキを捜せ。なにか分かったらギルドに来い】

俺はそう叫ぶと、ギルドに向かって走り出す。

【分かった！】

返事をして、シンクは空へと上がっていった。


「ガウッ！」

俺はギルドに入るなり、唸《うな》り声をあげた。

突然現れ吠える俺に、冒険者達が驚いて何事かと集まる。しかし、ミヅキといつもセットの俺が一匹でいたことで、なにか変だと勘づき、急いでベイカー達を呼んでくれた。

呼ばれたギルマスとベイカーは俺の前に来て、困惑した表情で尋ねてくる。

「シルバ？　ミヅキはどうした？」

吠えて説明するがやはり言葉は通じない。ただならぬ俺の様子に、ベイカーはギルド職員にコジローを呼んでくるように頼んだ。あいつなら俺の話が伝わるからだ。

だがそれでは遅い。今現在、ミヅキは行方不明《ゆくえ》。こうしてる間にも遠くに連れていかれているかもしれない。

待ちきれずに、俺はギルドを出ようとした。

「シルバがこんなに慌ててるってことは、ミヅキになにかあったんだ！」

後ろをチラッと振り返ると、ベイカーはなにかを察《さっ》してくれたのか、走ってついてくる。

「俺はシルバと行く。コジローが来たら俺達のもとに来るように伝えてくれ。そこの二人、一緒に来てくれ」

入り口付近にいた筋肉質な女と、隣のひょろっとした男にベイカーが声をかけた。

「「はい」」

二人は頷いてベイカーの後に続く。それを見ながら、俺はミヅキが消えた店へと急いだ！

ミヅキが入った店の前にベイカーを連れてくると、ベイカーは一緒に来た二人に、この場所をコジローに伝えるように言った。

「シルバ、ミヅキとはここで別れたのか？」

「ガウ」

ベイカーが聞いてくるのでそうだと答える。吠えただけに聞こえるだろうが、俺の気持ちは通じたようだ。

二人で中に入るものの、やはりなにもない。

相変わらず嫌な臭いがたちこめる。

「なにがあったんだ？　お前達はミヅキと家に向かったはずなのに、なんでこんなところに来たんだ？」

答えたいが伝わらない……歯痒《はがゆ》いが、やはりコジローを待つしかないようだ。とりあえず待つ間に奥の部屋に行ってみる。

奥には小部屋があり、扉が一つ、更にその扉の向こうには隣の家に続く扉が二つと、迷路のような造りになっている。

最初の部屋に戻ると、コジローが息を切らせて到着していた。

俺はコジローにミヅキが消えた経緯を説明する。それをコジローがベイカーに伝えた。

「どうやら、女に頼まれて荷物をここへ運んだそうです。外で待つようにミヅキに言われ待っていたのに、一向に出てこないので中に入ると、店にはなにもなく、ミヅキの姿も消えていたと」

コジローが心配そうに顔を曇らせる。

「中では嫌な臭いがしているそうです。ベイカーさん感じますか？」

ベイカーはいいやと首を横に振る。

「ミヅキの気配も感じていたそうですが、恐怖心などは伝わってこなかったようです。でもこの臭いで麻痺《まひ》させられていたかもしれないと……」

「計画的だな」

「匂いを辿ろうにも、臭いが邪魔をしているみたいで……今シンクが上からなにかないか探しているようですが……」

コジローは、そこで一旦言葉を止めた。

「裏も入り組んでいて、人を攫《さら》うにはうってつけだ。家から家へと簡単に入れるようになっていて、辿るのは難しそうだ……」

「ミヅキを攫《さら》う奴に、心当たりは？」

コジローがベイカーに聞くが、心当たりはないようで首を横に振った。

「分からん。ミヅキは町の人達に好かれているし、顔見知りも多いが、あの見た目だ。捕まえて売って、奴隷にしようと考える奴がいないとも限らん……」

ベイカーが顔を顰《しか》めた。

――ミヅキを奴隷だと!?

俺は怒りのあまり唸《うな》り声をあげる。

そんなことは許さん。もしミヅキが見つからないなら、町ごと破壊して見つけるまでだ!

「グルゥゥゥー!」

コジローが、俺の感情を読み取りビクッと肩を揺らす。それから俺の気持ちをそのままベイカーに伝えた。

ベイカーは驚いた顔をして注意してくる。

「そんなことをすれば、ミヅキが怪我をするかもしれないだろ! どこにいるかも分からないのに、町を壊すのは駄目だ!」

町ではなくミヅキの心配をしているようだ。でも、確かにその通りだ。これは最終手段として取っておこう。

「まだミヅキが攫《さら》われてから時間が経っていない。とりあえずギルマスに町を封鎖してもらおう」

ベイカーがそう言いながら、ギルドに向かう。

「時間が惜しい、走りながら話すぞ」

俺は頷くとコジローと共にベイカーの後を追った。

「町にいてくれるならどうにか捜せるが、外に出されたら、もう見つける手段が限られる」

それだけは避けねばとベイカーの顔が曇る。もし町から出たとしても、見つけるまで追うだけだ……絶対に見つけ出す。俺は固く心に誓った。

「後はミヅキに目をつけそうな奴らの溜まり場を片っ端から潰していく。声をかければ協力してくれる人がいるだろう！」

ベイカーはそう言うと、更にスピードを上げた。

三　誘拐

「うーん……」

目を覚ますと、私は見たこともない部屋にいた。

なんか……頭が……ボーッとする……

ぼんやりとした思考の中、頭を軽く振って、起き上がろうとする。その時、手を縛られていることに気が付いた。

「えっ？」

あれ？　私、確かお店に入って……なんか口を塞《ふさ》がれて……

そこからの記憶が全然ない。なぜ手を縛られているんだろう。

「なんで？」

首を傾げると、

「誘拐されたからだよ」

後ろから声がした。

振り返ると、ニコニコと笑みを浮かべる、緑色の髪の若い男がこちらを見ている。どうやら彼が喋《しゃべ》ったみたいだ。

敵意を感じさせない笑顔に、思わず普通に挨拶《あいさつ》をしてしまった。

「こんにち……は？」

「……はい、こんにちは」

こんな状況で挨拶《あいさつ》をした私に、彼は糸目をわずかに見開き、少し戸惑いながらも挨拶《あいさつ》を返す。しかし、その顔には笑みが浮かんだままだ。本当に笑っていると思っていたが、よくよく観察してると、どうも貼りつけられた笑顔のようだった。

「えーと、誰ですか？」

見たことのない顔だ。ギルドの人ではないだろう。

「うーん、悪いね。その質問には答えられないや」

申し訳なさそうに言われる。そこで私は質問を変えた。

「誘拐って私をですか？」

先程誘拐されたからだと言っていた。この質問なら答えてくれるだろう。

「どう見てもそうだよね？」

周りを見て、再度自分の状況を確認する。

まずなにかによって気を失った。気が付いたら手を縛られていた。

部屋には窓はなく、お兄さんの後ろに扉が一つ。床に薄い布が敷かれ、その上に寝かされていたようだ。近くに大きめの麻袋が置いてある……うん、誘拐だね。

大した怪我はなさそうだが、両手が前で縛られているのであまり自由がきかない。冷静に自分の状況を確認すると改めて感じるものがあった。

初めて、誘拐された……

なかなかできない体験である。糸目のお兄さんの雰囲気が柔らかいことも相まって、実感はあまり湧かなかった。

思いきって駄目元で聞いてみる。

「えーと、帰ってもいいですか？」

「駄目だね」

お兄さんは一瞬呆れた顔をするが、またすぐに表情を戻して笑って答える。

だよね……

「これから、どうなるんですか？」

「えっ？　聞きたいの、誘拐されたら行き着く先は大体決まってると思うけど……まぁ、依頼人次第だけどね」

えっ？　そうなの？　っていうか、この世界では誘拐されたらどうなるんだろう。前世なら……監禁されて身代金要求か、最悪殺されちゃうかな……

昔の嫌なニュースを思い出す。こっちでも誘拐された人の行き着く先は同じなのだろうか……私は怖さ半分、興味半分で聞いてみた。

「どうなるんですか？」

お兄さんはニヤッと笑う。まるでそう尋ねられるのを待っていたかのようだ。

「見つからないように殺すか、奴隷にするね」

やっぱり、殺しちゃうんだ……

改めて言われると気持ちが沈む。

「お兄さんが殺すんですか？」

じっと彼の顔を見つめる。

「いや、僕は殺さないかな、勿体《もったい》ないし」

勿体《もったい》ないとはどういうことか分からないが、とりあえずすぐには殺されないみたいだ。

少し安心して、胸を撫《な》で下ろす。

「でも……奴隷にするんだよ」

私がホッとしているのが面白くなかったのか、糸目のお兄さんは脅《おど》すように嫌なことを言う。

奴隷……奴隷って、誰かに仕えたり世話したりするか、労働を強《し》いられるんだっけ？

いまいち、奴隷という言葉にピンとこなくてなにをするのか分からない。首を傾げているとお兄さんが教えてくれた。

「君が奴隷になったらまず貴族に売られるね。いい貴族なら、まぁ召使いにされるくらいだけど……その容姿なら変態貴族にも人気がありそうだ」

変態貴族？　それって……嫌な予感がする。

嫌悪感が顔に出ていたのだろう。お兄さんは頷くと愉快そうに笑った。

「そう、いるんだよ。小さい子が好きな変態がね」

どうしよう……それはごめんこうむりたい。今になって恐怖がむくむくと湧いてきた。でも泣きたくない。ツンとする鼻の奥に力を入れて、グッと堪《こら》え、ゆっくりと息を吐く。

「まぁ、君の行き先はもう決まってるんだけどね。君みたいな子を探してくれと言われてたから、ちょうどよかったよ」

このお兄さんが私を売るのか？　ならこの人は奴隷商人ってことかな？　こんなにニコニコした人が？

不思議に思って、お兄さんの顔をじーっと見つめて聞いてみる。

「お兄さんが売るの？」

「ああ、そうだよ」

「なんでそんなことをするの？」

ついお兄さんの気安い雰囲気に流され、普通に聞いてしまう。

「お金のためさ」

ずっと笑顔を貼りつけていた彼の表情が、また少し歪《ゆが》んだ。

「こんなことしなくても、お金は稼げますよ」

違うお金の稼ぎ方なんていくらでもある……こんな人を傷つけるやり方なんて選ばなくても……

「あはは！」

私の言葉を聞いて、お兄さんは一瞬真顔になった後、腹を抱えて笑い出した。

「僕はねぇ、こんなことをしないとお金を稼げないんだよ！　ほら、これを見てみろ」

お兄さんは上着を脱いで、こちらに背中を見せた。そこにはマルの中にバツ印が書いてある痛々しい火傷《やけど》の痕《あと》があった。焼きごてを押しつけられた痕《あと》のように、みみず腫《ば》れになっている。

酷い……

思わず口を押さえる。それは決して自分で好んでつける印ではない。とても不快な感じがした。

思わず駆け寄って、火傷《やけど》の痕《あと》を触ろうとすると、お兄さんはバッと上着を羽織りこちらを睨んだ。

「なにをする！」

お兄さんの仮面が剥《は》がれて、本当の表情を見せた。その顔は怒っていて、そしてとても寂《さび》しそうだ。

でも笑顔の仮面よりよっぽどいい……あの笑顔はまるで泣いているように見えたから。

「その傷痕《きずあと》、どうしたんですか？」

お兄さんの上着の下にある傷痕《きずあと》を思い出し、悲しくなる。自然と眉尻が下がり、お兄さんを見上げた。

「あれが奴隷の印だよ。奴隷になるとあの印を押されるんだ。そうすればずっと奴隷扱いさ、抜け出せない……ずっと奴隷として扱われるんだ。お嬢ちゃんもすぐにそうなるよ」

お兄さんはまた笑顔の仮面を被った。そして最初に来た時の落ち着きを取り戻すと、上着を正して私を見下ろす。

「少し話しすぎたね……大人しくしてるんだ、そうすればここにいる間は酷いことはしない。一応大切な商品だからね」

そう言い捨てると扉から出ていってしまった。

お兄さんが出ていくとガチャ！　っと、鍵の閉まる音がする。

急いで扉に近づき、ガチャガチャとドアノブを回すがやはり開かない。鍵がかかっていた。

諦めて、布が敷いてあるところに戻り、膝《ひざ》を抱えて座り込む。

どうしよう。シルバもシンクも心配してるよね……ベイカーさんに知らせてくれてるかな？　コジローさんが通訳できるからきっと大丈夫だよね……

改めて高スペックな皆のことを思い出す。一人はA級冒険者、もう一人は忍者。従魔はモフモフのイケメンフェンリルにふわふわの可愛い鳳凰《ほうおう》……うん、やっぱりなんとかなりそうかな？

【シルバ！　シンク！】

念話で呼びかけてみるが、声は返ってこなかった。

念話がどのくらいの距離まで届くかは分からない。とりあえずできることもないので、ずっとシルバ達に呼びかけ続ける。その時、不意に扉の外が騒がしくなった。

何事かと扉のほうに目を向けると、鍵が開く音がする。

そして先程のお兄さんとは違う、ガタイのいい男が、私のいる部屋になにかを放り投げた。

男は私を一瞥《いちべつ》して、ニタッと粘っこい視線を投げる。

その視線に背筋がゾワッと粟立つ。

なるほど、あれが変態の類《たぐい》か……

しかし男はなにもせず視線だけ向け、また扉を閉めて出ていった。

ホッとして、男が投げつけたものに恐る恐る近寄ってみる。どうやら男の人のようだ。

投げ込まれた人はピクリとも動かない。

体中ボロボロで服も破けている。暴力を受けたみたいで、全身に青痣《あおあざ》がある。

そっと近づき、腕の脈を取ってみる。生きてはいるようだ。気絶しているらしく、起きる気配はない。

殴られてところどころ腫《は》れたり切れたりしてはいるが、綺麗な顔をしている。

髪は薄茶色。そして一番気になるのが頭から生えている耳だった。

コレってケモ耳？　本物？

そぉっと触ると、フワフワで微《かす》かに温かかった。

きゃーー!!　獣人だ！

私は一瞬誘拐のことなど忘れて歓喜する。

憧れのケモ耳だ！　三角にとんがっているから狐《きつね》？　いや、猫系かな！

起きないことに味をしめて、もう一度優しくちょんと触る。

尻尾はどうかな？　不躾《ぶしつけ》に探すが見つからない。

あれー？　尻尾はないの？

残念に思っていると、ベルトになにか違和感を抱く。もしかして……

分厚いベルトに手をかけると、ほんわり温かく、耳と同じ滑《なめ》らかな触り心地だった。

なんとベルトと思っていたものが、尻尾だったのだ。

尻尾を腰に巻くなんて！　素晴らしい！

私は興奮してしまい、我を忘れて優しく尻尾を撫《な》で続けた。

「う、うん……」

すると、ケモ耳の人が身じろぎし、目を覚ました。

私は慌ててパッと手を離し、触っていたことを誤魔化《ごまか》すように声をかけた。

「だ、大丈夫ですか？」

覗き込んで顔を見ると、目が合い、ビクッと驚かれる。

「ここは？」

彼はキョロキョロと周りの様子を窺《うかが》っている。

女の人かもしれないと思うほど綺麗な顔をしているが、声は低い。やはり正真正銘《しょうしんしょうめい》、男の人みたいだ。

「お兄さんも誘拐されたの？」

ここに来たってことはそうだよね？

「おま……いえ、あなたは俺が誰か分からないのか？」

えっ？　なんか有名な人だったのか。確かにこの見た目ならアイドルでもモデルでもできそうだ。でも、この世界にもそういう職業はあるのかな？

どうしよう、よく分からない。もう一度じっと顔を見つめてみるが、やはり会ったことも見たこともない気がする。

「俺は獣人だ……」

凄く辛そうな顔でそう伝えられた……いや、どう見てもそう見えるが。

「えっ？」

思わず声が漏れた。

「それなら見て分かりました。でも、すみません、獣人のお兄さんのことは知らなくて……」

正直に話して謝ると、お兄さんは驚いて言葉を失くしてしまっている。

やはり有名なのに名前も知らないなんて、失礼だったのかもしれない。もう一度謝ろうかと思ったが、お兄さんは緩く首を横に振った。

「いや、ただの獣人だ。あなたとは会ったことはない」

――ん？

なんか話が噛み合わない。なので今度ははっきりと聞いてみる。

「お兄さんは、有名な人じゃないんですか？」

首を傾げて聞いてみると、言ってる意味が分からないのか、彼は驚いた顔をする。

えっ、違うの？　じゃあなんで分からないのかって聞いたの？

訳が分からず首を捻《ひね》る。そんな私に向かって、獣人のお兄さんは自分が獣人の奴隷だと説明してくれた。

全てを諦めきった瞳で、こちらを見つめる。奴隷の身分を恥じているのか、表情は暗く、辛そうだった。

しかし、彼が奴隷なことは私には関係ない。

「それがどうしたんですか？　お兄さんが獣人で、奴隷だとなんだっていうの？」

さっきの人も奴隷だったが、だから彼に対して態度を変えようとは思わなかった。

それよりも、人生を諦めた、投げやりな態度がもどかしい。

「そうか……」

獣人のお兄さんは感情なく答える。私は無視してとりあえず自己紹介をした。

「ところで私はミヅキっていいます。お兄さんのお名前も聞いてもいいですか？」

同じく誘拐された仲間だ、ここから出るためにも協力したほうがいいだろう。それに、喋《しゃべ》るのに名前を知らないと不便だし。

「……名前はない」

「えっ？　名前ないの？」

私は驚いて目を丸くする。しかし、彼は当たり前のように頷いた。

「誰かに呼ばれる時はなんて言われるんですか？」

名前のない人なんているのか。

「オイとかお前、コレとかだな」

「……」

言葉を失う。……奴隷になるって、こういう扱いをされるということ？

あの奴隷商人のお兄さんも、こういう体験をしてこの仕事をしてるのかな？

悲しさと、やりきれなさが胸に込み上げる。私は顔を俯《うつむ》け、声を落として話しかけた。

「生まれた時から、ずっと奴隷なんですか……」

「いや、兄と子供の頃に捕まってからだ」

「じゃあ、その時は名前があったんじゃないんですか？」

「ああ、唯一今も兄に呼ばれる名前があるが、それを使うことは許されていない」

悲しみを通り越して怒りが湧く。なんでそんな扱いを受けなければならないのだろう……この人はそんなに酷いことをしたのか？

「その……もしよかったら、その名前、聞いてもいいですか？」

顔を見られなくて、下を向きながら聞く。

「……シリウスだ」

お兄さんは、しばらく考えてからそっと答えてくれた。

「シリウスさん、ミヅキです。よろしくおねがいします」

私は彼の名前を知れたことが嬉しくて、笑って手を差し出した。

しかしシリウスさんは戸惑い、手を出さない。私の手が行き場をなくして、宙を彷徨《さまよ》っている。

手を握っていいものかと迷っているのだろうか。

私はシリウスさんの手を取ると、自分の手をブンブンと振って微笑んだ。

「シリウスさんのお兄さんはなんて名前なんですか？」

繋いだ手を離したくなくてそのまま質問をすると、彼はじっとその手を見ながら答えてくれた。

「……ユリウスだ」

「いつか紹介してくださいね！」

私はグッと手を握りしめた。

シリウスさんは少しビクッと驚いたものの、次の瞬間、微《かす》かだが柔らかい笑みを見せた。

◆

俺達はミヅキの行方《ゆくえ》を捜すためにギルドに戻り、ギルマスとセバスさんに状況を説明した。案の定二人とも表情こそ冷静だが、内から湧き出る怒りを隠しきれずにいる。

今していた仕事を放り投げて、手が空いている冒険者達を集めてくれた。

シンクもギルドに戻ってきたが、やはりミヅキは見つけられなかったようだ。しょんぼりとシルバの頭にとまっている。

俺は訳も分からずに呼び出された冒険者達の前に出て、口を開く。

「皆、自分達の仕事があるのに集まってもらってすまない。実はミヅキが連れ去られたようなんだ」

そう言うと、集められた冒険者達がにわかにザワつく。しかし、俺はそのまま話を続けた。

「攫《さら》われてからそんなに時間が経っていない、なのでまだ町にいるはずだ。だから力を貸してほしい。ミヅキを、見つけたいんだ」

俺は恥も外聞もなく、格下の冒険者達に頭を下げた。A級冒険者だからって関係ない。

ミヅキが見つかるなら、頭を下げるくらい安いものだ。

そんな必死な俺を見て、冒険者達は息を呑み、場はシーンと静まり返った。

「――当たり前です！」

ふと、一人が声をあげる。それを皮切りに、他の冒険者達も口々に騒ぎ始めた。

「ミヅキちゃんはここのギルドの癒《いや》しですよ」

「絶対見つけます！」

「一体、俺らはなにをすればいいんですか？」

「絶対に許さねぇ……一体誰が？」

皆憤怒《ふんぬ》しながら、どこを捜せばよいかと早速話し合いを始める。

ああ、ミヅキ……お前はもうこの町にとって、なくてはならない存在になっているんだな。

不意に目に涙が滲《にじ》むのを、俺は慌てて拭《ぬぐ》った。

ギルマスが町の門番に、この町から人を出さないように通達したが、対応しきれなくなるかもしれない。そこに何人か配置するために人を出した。

後は町での聞き込みを冒険者達に頼んだ。

「なにか分かったら、俺かコジロー、ギルマス、セバスさんに言ってくれ」

皆、俺の指示に一斉に頷く。

「まずは最初に接触してきたという女の捜索にあたってくれ。皆、悪いが頼んだ」

冒険者達はすぐさま外へと散らばっていった。

◆

ビークワイ達は、他の冒険者達が走り回る中、同じようにギルドを出た。そして、ミヅキを捜すふりをしながらボロ小屋へと帰ってきた。

「アハハハ！　あの男上手くやったみたいね！　これでこのままいなくなってくれれば計画通りね！」

ビークワイは口端を歪《ゆが》ませながら、上機嫌で笑っている。

「後は、指定の時間に南門を開ければ大丈夫ね」

時間を確認してのんびりと椅子に座った。

「しかし、門番の他に何人か配置すると言ってたぞ」

「その時に私達が配置を代わればいいでしょ！　完璧よ！」

仲間の男が心配そうに言うのに、ビークワイは一笑して答えた。

もう計画通りに事が進んでいる。余裕だ。

「あーあ。私、一発くらいミヅキって子、叩いておけばよかったわ～」

カラカラと笑っていると、にわかにビークワイの顔色が変わった……急に全身に悪寒《おかん》が走る。

体が金縛りにあったように動かない。

目だけ動かし他の者を見るが、皆同じように、恐怖の表情を浮かべ固まっている。

なにかおかしいと扉のほうを見ると、黒い影が揺らめいているのが目に入った。だが、その姿を確認する前に意識を失った。

◆

ベイカーが冒険者達に捜索を頼む中、俺は薄ら笑いをする女達に気付いた。

なんとなく気になって、コジローとシンクと共に後を追う。コジローによるとこいつらはビークワイというC級冒険者がリーダーのパーティらしい。

こいつらがミヅキの誘拐に関わっていることを知り、瞬間、怒りで目の前が真っ赤になった。

俺は音もなく小屋の扉をくぐり、奴らを昏倒させる。

「ガルゥゥ！」

【こやつら、ミヅキを叩くと言ってたぞ……】

【殺しちゃう？】

怒りを抑えきれず、噛みついて、その頭を粉々にしてやろうかとすら思う。シンクも流石《さすが》に怒っているようで、サラッと暴言を吐いた。

コジローの顔を見るがなにも答えない、いや、あまりの怒りで答えられないでいるようだ。その瞳は憤怒《ふんぬ》で燃え、拳を握ってビークワイ達を睨んでいる。

ややあって、ようやく口を開いた。

【……それでこいつらどうしますか？】

先程の話の内容から、ミヅキの誘拐に関わっているのは間違いない。コジローはそう言いながら、更に眦《まなじり》を吊り上げる。

【ここで殺《や》るのはまずい。まずはミヅキの居場所を吐かせてからだ。外に出るぞ】

ビークワイ達をコジローに運ばせる。

町の外壁に着くと、奴らを風魔法で塀《へい》の外に放り投げた。

コジローを背に乗せ、軽々と塀《へい》を越える。落ちていたビークワイ達を引きずり、更に森の奥へと運んだ。

人気《ひとけ》のないところまで来ると、パシャッと、ビークワイ達の顔面に水魔法を浴びせる。

「うーん……うっ……」

ビークワイは意識を取り戻した途端、腕を押さえて眉を顰《ひそ》めた。他の三人の男達も同様に呻《うめ》き出す。

塀《へい》の外に投げつけた際に、落ちどころが悪かったらしく骨を折ったようだ……まぁどうでもいいが。

俺は気にせず話し始める。コジローがその言葉をこいつらに伝えた。

「それでお前達、ミヅキになにをした？」

コジローが殺気を漂《ただよ》わせながら聞く。

「はっ？　ミヅキ？　誰それ？　私達なんにもしてないわよ！　今日だってずっとギルドにいたし！　他の仲間達に聞いてみなさいよ！」

ビークワイはねぇ！　と男達を見て、互いに頷き合っている。

「オレにそんな言い訳が通じると思っているのか！　たとえ誰かがお前らを見ていたと

してても、シルバさんにはそんな言い訳きかないぞ……」

コジローが四人をキッと睨みつけた。可愛がっているミヅキをターゲットにしたことと、冒険者同士のトラブルが許せないようだ。

四人はコジローの後ろにいる俺と、ユラユラと燃えているシンクが、自分達のほうにジリジリと近づいてくるのを見ると、震え上がった。

「な、なにするつもり」

ビークワイの声が震えた。

「グルゥゥ」

俺は牙を剥《む》き出し、威嚇《いかく》する。

「ひっ！」

途端、一人の男の股間がジワジワと濡れ出した。

「正直に話せ、と言ってるぞ」

コジローが俺の言葉を伝えたが、まだ威嚇《いかく》が足りないようだった。ビークワイは歯の根が合わぬほど怯《おび》えているものの、まだ否定する。

「だ、だから……な、なにも……」

「ガルゥ！」

俺は堪らずに言葉を遮り、一人の男の足に風魔法を放った。

「ギャアー！」

男は足を押さえ転げ回る。そこからは大量の血が流れていた。

「お、おれの、足がー！」

他の者達が恐怖で固まり、息を止める。泣き叫ぶ男の声があまりに耳障りで、俺は顔を顰《しか》めた。

「うるさいぞ、その程度で喚《わめ》くな」

コジローが黙れと言うが、男は声が聞こえていないのか、痛い痛いと喚《わめ》いている。

【うるさい！】

シンクが苛立ちをあらわに叫ぶと、今度は男の腕が燃え上がった。

「ギイヤァーやめてくれー！　消して、この火を消してくれ！」

更にうるさくなった男に、話が進まず、怒りが頂点に達する。

「ガルゥゥ！」

俺が再度吠えると、ようやく静かになった。

先程まで喚《わめ》いていた男が泡を吹いて、気を失っている。

「喋《しゃべ》る奴は、一人いればいいそうだぞ」

コジローは感情の浮かばない顔でそう呟いた。

三人は言葉を失くし、口をパクパクと開閉させる。

「な、なんで……こ、んなこ、と」

ようやく声が出たのか、ビークワイが震えながら言う。

「……警告はしたぞ。それでもミヅキに手を出したんだ、当然の報《むく》いだな。さあ、早く話せ。ミヅキになにかあったらこんなものではすまない」

先程より強く殺気を出すコジローを見て、ようやく自分達の立場を理解したようだ。

「わ、分かった、話す、話すから命は……」

ビークワイ達は涙と鼻水で、顔をぐちゃぐちゃにしながら懇願《こんがん》する。コジローは、しがみつこうとするビークワイを払いのけて、先を促す。

「早く言え」

「奴隷商人の……デボットに頼んだ。あの子を攫《さら》ってほしいと……」

――奴隷商人！　ミヅキを奴隷にするだと……そんなことは絶対にさせない！

「ガルルッ！」

「ひっ！」

いちいち怯《おび》えるこいつらに牙を剥《む》き、先を続けさせる。

「それで？」

「そ、それで？　後は分からない。私は頼んだだけ、です！　手は出してないから！」

だから助けてと訴えてくる。

吐き気がする。この糞共め！

コジローもこんな奴らが同じ冒険者かと思うと、不快感しか湧かないようだ。

「俺達は、なにもしてない！　ビークワイが一人でやったんだ！　俺は関係ない」

男は、手のひらを返してビークワイを責めた。どうやら主犯格のビークワイ一人に罪を擦《なす》りつけようとしているみたいだ。

仲間の行動にビークワイは顔を真っ赤にして喚《わめ》く。

「あんた達も賛成したでしょ！　私の言う通りにするって、あのムカつく子供を奴隷に落とすっ……」

――ザジュ！

「ガウッ！」

「「うわぁぁぁー！」」

ビークワイの言葉に耐えきれず、威圧を放ち俺はその口を黙らせた。

男達は、目の前に倒れ込むビークワイを見て絶叫する。ビークワイの悲惨な姿に震え上がり、逃げ出そうとするが、腰が引けて上手く動けないようだ。

その後を、俺はゆっくり追いかけていき……

【風刃！】

【火炎！】

シンクと共に男達を追い詰める。

「もう二度とオレ達の前に姿を現すな……次はないぞ」

コジローが冷たい目で睨みながら言い放つと、男達は頷いて仲間を担《かつ》ぎ、暗い森の中へと消えていった。

そして、俺達は小屋を後にした。

【あいつらは依頼をしただけで、肝心なことは聞いていないようだな】

俺は町に戻りながら、シンクとコジローに話しかけた。

【奴隷商人のデボットと言ってましたね。とりあえずギルドに戻りましょう。セバスさんやギルマスならなにか知ってるかもしれません。あと南門の強化も頼まないと……】

コジローの言葉に、俺はシンクを見る。

【シンク、南門に行って誰か通りそうになったら足止めをできるか？】

【できる！　ミヅキを連れてなんか行かせない】

シンクは赤い羽をはばたかせ、空に向かって飛び立った。

俺は殺《や》る気満々のシンクに声をかける。

【なるべく殺すなよ！　そんな奴らどうでもいいが、ミヅキが悲しむからな】

シンクが頷くのを確認すると、コジローと共にギルドに向かった。

◆

俺は冒険者達にミヅキに関する聞き込みを頼んだ後、ギルドで彼らが持ってきた情報をもとに、ミヅキの捜索を続けていた。

その時、いつの間にかいなくなっていたコジローとシルバが戻ってきた。コジローが神妙な顔で俺を呼び出す。

「ベイカーさん、ちょっと」

そのただならぬ雰囲気に、俺はコジローとシルバと共に人目のないところに移動した。

「先程、ビークワイが奴隷商人にミヅキを誘拐するように頼んだと証言しました」

小声でそう言われる。

ビークワイといえば女のC級冒険者だ。

確か男三人とパーティを組んでおり、以前、俺にも一緒に組まないかと執拗《しつよう》に誘ってきた。

パーティを組む気のない俺は、何度誘われても断っていたが、一度だけでもいいからとあまりのしつこさに根負けして、一日だけならと約束をしていた。

しかし、ミヅキが現れたこともあって、その約束は果たされることなく白紙に戻された。

まさかそれを恨んで？　そんなクソみたいな理由でミヅキを誘拐したと言うのか……？

俺は信じられずにコジローの顔を見た。

コジローはコクリと頷く。その顔は嘘を言っているようなものではなかった。

「で？　そいつらはどうした」

怒りを通り越して感情が麻痺《まひ》し、顔から表情が抜け落ちる。

「シルバさん達が脅《おど》したので、もうこの町には二度と来ないですよ……二度とね」

俺の問いにコジローはそう答えた。シルバならそれなりの恐怖であいつらを裁いてくれたのだろう。

俺は「そうか……」と小さく頷いた。

「その奴隷商人はデボットというそうです。あいつらはそれだけ頼んで、後はその商人に任せていたらしく、細かいことは知りませんでした」

「本当か？」

「シルバさんがあそこまで言っても話さなかったので、確かだと思います」

「デボットねぇ……おそらく貴族お抱えの奴隷商人じゃないか？　俺もあまり詳しくないな。こういうことはセバスさんに聞こう」

そう言うと、早速セバスさんを呼んできて先程の経緯を話した。冷静沈着なセバスさんなら、まぁ話しても問題ないだろうと思っていたが……

「はっ？」

セバスさんから怒気が漏れる。冷ややかな空気がギルドの中に流れた。

「お、おい落ち着け！　もう奴らはこの町には来ないし、二度と会うことはない」

どうにか収めようとするが、セバスさんの怒りはなかなか鎮《しず》まらなかった。

「シルバさんも酷いですね。私も呼んでくれればいいものを……」

どうも自分もお仕置きをしたかったようだ……。あいつらシルバのほうでラッキーだったんじゃないか？　まぁ、どっちにしても悲惨な運命は変わらないが。

「それで、デボットって奴のことは分かるか？」

話を戻すべく聞くと、

「私もあまり詳しくありません。王都を中心にそういうことをしている人がいるとは聞いたことはありますが……だとしたら、アルフノーヴァさんに聞いたほうがよさそうですね」

そう言って、セバスさんは彼を呼びに行った。すぐにアルフノーヴァさんがやってくる。

「デボット？」

アルフノーヴァさんは一連の経緯を説明されて、デボットについて尋ねられると、困惑気味に顔を顰《しか》めた。

「何度か王都のパーティーで見かけたことがあります。その時は、ただの商人として紹介されていました」

思い出すように話す。やはり王都のほうでは商人をしているのだろう。表向きは真っ当な商人の振りをして、裏で奴隷商人……そんな奴がミヅキを……

更にミヅキの安否が心配になり、俺はもどかしさにぐっと拳を握りしめた。

「確か、贔屓《ひいき》にしている貴族がいましたね……なんだか趣味の悪い男だったかと、名前は……」

アルフノーヴァさんはそこで一旦言葉を区切り、うーんと考え込む。

その時、聞き込みをしていた冒険者達がギルドに駆け込んできた。

「さっき店先で話を聞いたら、ミヅキちゃんのことを聞いて回っている獣人がいたそうだ」

そう大声で報告する。

「『獣人？』」

獣人と聞いて、先程ドラゴン亭で見た獣人二人がパッと脳裏に浮かんだ。

「それって、レオンハルト様の従者ですかね？」

「今、この町にいる獣人はあいつらだけだろう」

アルフノーヴァさんも覚えがあるらしく、首を傾げながら尋ねた。俺はそれに首肯《しゅこう》して答える。

他の獣人などこの町の近くでは見たこともない。おそらく間違いないだろう。

「レオンハルト様が関わっているのか？」

俺は混乱したまま呟いた。

確かにドラゴン亭でニアミスしたが、彼らにミヅキの姿は見られていないはず。絶対顔を合わせたらよくない気がすると思い、隠したが……まさかそれが裏目に出たか？

俺達はとりあえず、南門を強化するように指示を出し、アルフノーヴァさんとコジロー、シルバと共にレオンハルト様のもとに向かうことになった。

「レオン王子なら一番高い宿に泊まっていると思いますよ」

アルフノーヴァさんが言うので、この町で一番の宿へと急いで走る。

宿の前には、まさに話を聞きたかった獣人が一人で立っていた。

「レオン王子はいますか？　あとあなたにも聞きたいことがあります」

アルフノーヴァさんが獣人に声をかける。

「……ここでお待ちを」

獣人は静かに言うと、宿中へと入っていった。逸《はや》る気持ちを抑えながら待っていると、レオンハルト様が悠々と獣人と共に出てきた。

「師匠！　やっと会えましたね」

レオンハルト様はアルフノーヴァさんに気付いて、笑顔で駆け寄ってきた。どうやら師弟の関係は良好のようだ。しかし、彼の後ろを見ると、ドラゴン亭で二人いたはずの獣人が一人しかいない。

てっきりもう一人はレオンハルト様と宿の中にいるのかと思っていたが、違ったらしい。

俺は堪らずにレオンハルト様に声をかけた。

「レオンハルト様、もう一人の獣人はどうしたのですか？」

「あれ？　ベイカーさんもいるのか？　あいつは今調査に出してるんだ。なにやらやたら強い魔獣がいる気配がするとか――」

そう言って彼はちらりと俺達の後ろを見ると、目を瞠《みは》った。

「ひっ！　な、なんでそんなデカい魔獣が町をうろついているんだ！」

どうやらその魔獣とはシルバのことだったみたいだ。

獣人の後ろにサッと隠れ、レオンハルト様が青い顔をして吠える。

「彼は従魔ですよ。きちんと従魔の印もつけていますから問題ありません」

アルフノーヴァさんがシルバの脚を指さす。そこにはミヅキがつけた赤い腕輪が光っていた。

「な、なに！　そうなのか？　そんな強そうな奴を従魔にできるなんて……是非ともそいつの主人に会ってみたいものだ」

レオンハルト様が目を輝《かがや》かせて、シルバの主人に興味を持った。つまりミヅキだ。しまった、これはミヅキの誘拐と彼は関係なかったか……今の様子からだと、やはりミヅキのことは知らないようだ。

俺はまずったと顔を顰《しか》める。

やはりミヅキと会わせるべきではない。目をつけられると面倒だ。

こうなったらレオンハルト様のもとから早々に立ち去りたいが、ここにいないもう一人の獣人が気になる。

「それで、もう一人の獣人は？」

もう一度聞いた。今度はレオンハルト様ではなく彼の側にいる獣人に。

その獣人はチラッとレオンハルト様の顔色を窺《うかが》う。すると、言えとばかりにレオンハルト様が頷いた。

「そちらの従魔を見て敵意がないか、調べに出しました。レオンハルト様になにかあっては大変ですから」

獣人は淡々と感情なく答える。

「で？」

俺が先を促す。

「……しかし、調査に出してから一向に戻っておりません」

「なにかあったと思うか？」

「……はい。この町での調査にこんなに時間を取られることはあり得ません。なにかトラブルに巻き込まれたか……死んだと思われます」

やはり表情を変えることなく答えた。もう片割れの獣人とは顔が瓜二つだった。決して他人ではないだろうに感情もなく死んだとよく言える……

「それ、本気で言ってるのか?」

俺が顔を顰《しか》めて聞くが、獣人はその問いには答えなかった。

「シルバさんを調査している過程で、ミヅキさんの誘拐に一緒に巻き込まれた可能性が高いね。獣人は珍しいから、奴隷商人が目をつけても不思議じゃない」

話を聞いていたアルフノーヴァさんが俺を見る。確かにその可能性が高そうだ。

「そうかもな、なら獣人を捜せばミヅキの場所も……獣人同士の連絡手段とかはないのか?」

「我々は双子なので、お互いの気配を感じ取ることはできます。しかし、ある程度近い距離にいないとできませんが」

片割れの獣人に聞くと、彼はそう答えた。

それは使えそうだ。獣人と一緒に近くを通れば、なにかしら反応があるかもしれない。こうなればこいつを連れて町をしらみ潰しに走るしかない。

「レオンハルト様、そいつを借りてもいいでしょうか?」

俺がレオンハルト様に頼むと、彼は顎《あご》に手をやって少し考え込む。その態度に嫌な予感がする。こういう時は、ろくでもないことを頼んでくることが多いのだ。

「許す。その代わり、その揉《も》め事が終わったらその従魔の主人に会わせろ！」

やはり一番嫌なことを言われてしまった。クソッ！

しかし時間がない、俺は了承することにした。

「分かりました……会わせてもいいですが、無理やり従者にするとかはしないでいただきたい。それが守れないのであれば、そいつも要りません」

俺は少し怒気を言葉に乗せた。

普段彼に対して怒ることなどない俺が、怒りを滲《にじ》ませたのが怖かったのか、レオンハルト様は顔を青くして頷いた。

「わ、分かった」

まぁ、これだけ脅《おど》かしておけば、ミヅキを無理やり従者にしようなどとは思わないだろう。

レオンハルト様の獣人を借りてしまうと、王子の警護がいなくなってしまう。

そのため、レオンハルト様はギルドで面倒を見ることになり、アルフノーヴァさんとあちらに行ってもらうことになった。彼といればそうそう我儘《わがまま》も言わないだろう。

俺はコジロー、シルバ、獣人と共に、ミヅキともう一人の獣人の探索に向かった。

「それで、どこを捜す？　とりあえずしらみ潰しに町を端から走ってみるか？」

俺は皆の顔を見回し、尋ねる。

「ガウゥ！」

シルバさんが吠えた。

「シルバさんが南を捜そうと……そうか！　南門から出るつもりだったからですね」

コジローがシルバの声を伝えながら真意を聞くと、シルバが頷いた。

「なるほど、南で今使われていない建物はあったか？」

俺は南側の建物を次々と思い出していく。

「あの辺りは、確か貴族の別荘が多かったと思います！」

コジローと頷き合う。考えていることは同じようだ。

「ミヅキを買おうと思ってる貴族の屋敷にいるのかもしれないな。でも、そうすると手が出しづらいな……」

勝手に貴族の屋敷など調べられない。思わぬ障害が現れ、ギリッと奥歯を食いしばる。

「レオンハルト様の所有物が紛失したという名目で伺ってはどうでしょうか？」

ずっと黙っていた獣人が提案してきた。

「なるほど、お前の片割れのことだな！」

確かに王子のものとなれば貴族達も無下にはできない。しかも、その片割れの獣人がこちらにはいるので説得力もある。

「王都で評判の悪い貴族の屋敷が分かるか？」

獣人に聞くと、彼はコクリと首を縦に振った。

「大体は把握《はあく》しております」

いい答えだ！　俺はニヤッと獣人に笑いかける。

「よし！　じゃそこからあたろう」

そうして、ミヅキと獣人を捜すべく俺達は動き出した。

四　回復魔法

あれからずっと部屋に閉じ込められたままの私は、シリウスさんの怪我の具合を確認していた。

「シリウスさん、怪我大丈夫ですか？　ちょっと見せてもらえます？」

コイコイと背の高いシリウスさんを手招きして、屈《かが》んでもらう。

シリウスさんは素直に従い、私の前に跪《ひざまず》いた。

ボロボロの服の間から痛々しい痣《あざ》が見えた。ところどころ異常に腫《は》れていて、肌が紫色に変色している。

この色、内出血してるんじゃ……もしかして最悪折れてる?

私は労《いたわ》るようにそっと触る。触れたら痛いかと心配したが、シリウスさんはピクリとも動かず顔色一つ変えない。まるでなにも感じていないようだった。

「シリウスさん、痛くないですか?」

「このくらいの傷はよくあることだ、なんでもない。少し休めば大丈夫だ……それよりお前は大丈夫か?　痛そうな顔をしている」

なんでもない顔で、なんて悲しいことを言うんだろう。

しかも私のことを心配までしてくれて……優しい人だ。

「……なんでもなくない!　痛いなら痛いって言って!　ちゃんと心配したい……です」

こんな酷い傷を痛くないと言うシリウスさんの態度が、なぜか妙にもどかしく、いけないと分かっているのに声を荒らげてしまう。

私は回復魔法が使えるはず。まだ使ったことはないけど、ステータスには確かにあった。

……ベイカーさん、セバスさん、ごめん!

心の中で先に謝っておく。ベイカーさんとセバスさんには、バレたら後で叱《しか》られよう!

二人には人前であまり特別な魔法を使わないようにと、くどくどと言われていた。回復魔法を使える者はかなり少ないので、特に注意されていたのだ。

でも……回復魔法って具体的にどうすれば使えるの？　これまで意識して使ったことないし……

シリウスさんの腕を持ち、腫《は》れている場所に優しく触れる。

回復、回復……前に回復薬をかけてもらったのをイメージすればいいのかな？　確かホワッて温かくなって、スーッと皮膚に染み込んでいく感じだった。

私は魔力を練るとシリウスさんの傷を手のひらで覆った。魔力を集めながら、頭の中で回復薬を思い出し、骨をくっつけて、腫《は》れを引かせるイメージをする。

すると、シリウスさんに触れている部分が淡く光った。

彼はそれを見て、大きく目を見開いた。

どうやら腕の痛みが消えていったようだ。表情が少し柔らかくなる。

触れていた手のひらを退かし、腕を見ると、腫《は》れも痣《あざ》も綺麗さっぱりなくなっていた。

シリウスさんは不思議そうに腕を見つめた後、こちらに顔を向けて尋ねる。

「回復魔法？」

「そうです。痛くなかった？　治ってる？」

上手くできたか分からないので、心配になって聞いてみる。すると、シリウスさんはもう一度しげしげと痣《あざ》があった場所を眺め、ゆっくりと頷いた。

「治っている」

「よかった！　……あっ！　回復魔法を使ったこと、他の人には内緒にしてくださいね」

ホッと胸を撫《な》で下ろしつつも、そう付け足すのは忘れない。

ベイカーさん達に知られたら絶対、怒られるし！　二人に内緒にしておけば大丈夫じゃないかな？

ということで、にっこり笑ってシリウスさんにお願いしておいた。他の箇所も調子に乗って治していくと、シリウスさんが戸惑って声を荒らげる。

「奴隷に回復魔法を使うなんて聞いたことがない！」

そう言って、回復魔法をやめろと言い出した。

もちろん私は断ったが、駄目だと怒られ、距離を取られた。

シリウスさんは、なぜか私が回復魔法をかけることに困惑しているみたいだ。しかし、それで諦める私ではない。隙をついて彼に近づき、どんどん魔法で傷を治していく。

最後に背中を見ると、あの奴隷商人のお兄さんと同じ奴隷の印があった。

痛々しい傷痕《きずあと》にそっと触れる。ずっと昔につけられたのだろう、もう他の傷とは違って、ただの痕《あと》になっていた。

本当に嫌な傷……こんな印、消えてしまえばいいのに……

私は目を閉じて祈った。

――こんな思いをする人がいなくなりますように。こんな嫌な傷が跡形もなく消えますように、と。

そうして背中の傷にも回復魔法を使った。すると、クラッと体がよろける。

あれ？　力が入らない……

私はそのままは床に倒れ込み、意識を失った。

◆

俺はミヅキが床に倒れ込むのを、既《すんで》のところで受け止めた。

「魔力切れか……」

あれだけ回復魔法を使ったんだ、いつ魔力切れを起こしてもおかしくなかった。だが、やめろと言ってもミヅキはずっと俺の傷に回復魔法をかけて治してくれた。

不思議な子だ。俺を普通の人のように扱ってくれる。名前を呼び、躊躇《ちゅうちょ》せずに体に触れる。しまいには回復魔法まで……

回復魔法を獣人の、しかも奴隷に使う人間などいるとは思っていなかった。

俺は不思議な気持ちでミヅキをじっと見つめた。

そこには可愛らしい、ただの小さい女の子が寝ている。魔力切れを起こしたため顔色は少し悪いが、穏やかな柔らかい寝顔だ。

この子が主人ならどんなによかったか……。思ってはいけない考えを追い出すように、ブンブンと頭を横に振る。

「いやダメだ。そんなことは思ってもいけない。俺は獣人で奴隷なんだから……」

そう言いながらも、ミヅキから目を離せない。

俺はミヅキを布で、壊れ物を扱うようにそっと包み込んだ。

ミヅキが回復魔法をかけてくれたおかげで、体も思った通りに動く。

布を少し破り、口と鼻の部分は息ができるように巻くと、ミヅキを優しく抱き上げた。

そして顔を自分のほうに向けて傷つかないようにする。

狭い部屋で、可能な限り助走をつけて扉を蹴破る。扉の前で監視していた男は、扉と一緒にぶっ飛んでいった。

心配になりミヅキを確認するが、傷はついていない。しかし、まだ息が苦しそうだった。

俺は廊下を音もなく走り出す。どこが出口か気配を探知しようとするが、上手くいかない。

やはり気配遮断の魔法がかけられているか……どうやら屋敷中に張り巡らされているみたいだ。

ならばと、耳に意識を集中する。他の人間の足音が近くなると、その手前で進路を変えた。

そうして窓を見つけ、ミヅキに当たらないように背中から飛び込み、ガラスを割って外へと脱出した。

せっかくミヅキが治してくれた体に軽くかすり傷を負ってしまう。しかし、ミヅキが傷ついていないなら問題ない。

すぐに木の陰に隠れていると、屋敷から男達が飛び出してきた。ミヅキを隠せそうな場所を探し、木の根元に少し窪《くぼ》みがあったので、そこにそっとミヅキを寝かせる。

周りを枯れ葉などで隠して、素早くそこから移動して身を潜《ひそ》める。

男達がミヅキの側を通りそうになったところで、俺は男達の前に姿を現した。

「いたぞ！」

男達が俺に気付き、勢いよく向かってくる。

ミヅキのほうから意識を逸らせたことに安堵《あんど》して、思わずニヤリと笑ってしまう。

レオンハルト様以外の身を案じる日が来るとは。自分の変化に苦笑が漏れる。そんな俺の姿を見て、男達は声を荒らげてがなり立てた。

「なに笑っていやがる！」

「あの子供はどうした！」

男達の言葉には答えず、俺は体を低く構えた。

「お前、さっきやられたのを忘れたのか」

臨戦態勢の俺を前にして、先程俺を痛めつけた男が鼻で笑う。

あの時は、薬で動けなくされていたからだ……

しかしそんなことを教えるつもりはない。黙って男達が動くのを待つ。挑発に反応しない俺に、業《ごう》を煮やした男達が散らばると、一斉に襲いかかってきた。

俺はミヅキに回復してもらった腕をギュッと握りしめて、しっかりと動くことを確認する。呼吸を整え、落ち着いて一人一人の攻撃をかわし、拳を急所に打ち込んでいく。

男達は呻《うめ》きながら地面に膝《ひざ》をついた。

「おい、誰かあの薬を持ってこい」

俺の動きに警戒したのか、男達は距離を取った。一人の男が一目散に屋敷に向かって駆けていく。

あの薬とは、前に俺を攫《さら》った際、動きを奪うために使った薬品だろう。俺は薬を使われる前に、素早く男達との間合いを詰め、次々に潰していった。

「おい、持ってきたぞ」

慌てて戻ってきた男が声をかけるが返事はない。仲間達は皆、地面に突っ伏して全滅しているからだ。その光景を見た男は、わなわなと唇を震わせて、慌ててこちらに向かって薬品を撒《ま》く。

同じ攻撃をなぜ食らうと思うのか……俺は腕を口にあて、息を止めながら男に迫り、体当たりをする。

くっ！　やはり少し臭う……

薬品の臭いが微《かす》かに鼻をついた。スピードが少し落ちたが、男の鳩尾《みぞおち》に拳を突き上げ、気を失わせた。男はぐるっと白目を剥《む》いて、地面に倒れ込む。

敵を全員昏倒させ一息ついていると、不意にパチパチパチと誰かが後ろで手を叩いた。

俺はびくりと肩を跳ねさせ、勢いよく振り返る。そこには、糸目の男が笑みを浮かべて立っていた。

「凄いですね～！　あんな怪我をしながら脱出して、しかもこいつらを全員倒すなんて、流石《さすが》獣人というところでしょうか」

仲間がやられたというのに嬉しそうに、糸目の男は笑い続ける。

「おや？」

彼は俺のことをじっと見つめていたが、なにかに気付いたのか、にわかに表情が変わった。

「傷が消えてますね……その腕も折ったはずなのに」

自由に動く腕を食い入るようにじっと眺める。

「回復魔法ですか？」

俺はなにも答えないでいたが、次の瞬間、糸目の男は合点《がてん》がいったとばかりにパッと顔を輝《かがや》かせた。

「分かった！　あのお嬢ちゃんですね！　凄い……あの愛らしい容姿の上に回復魔法まで持っているとは。これは今までになく高額な取引になりそうだ！」

ミヅキのことを言っているのだろう、男が歓喜している。

させるか、と男に突っ込むが思うように体がついていかない。先程の薬品が効いてきてしまったようだ。その間に男は腰の剣を抜き、こちらに切っ先を向けた。

「薬が効いているようですね！　獣人は鼻がいいから」

大変だと可笑しそうに笑う。

あの糸目のニヤニヤした顔が鼻につく。クソ！　体が動けばこんな奴！

拳を振り回すが攻撃が当たらない。

男は俺の攻撃をかわしながら、少しずつ俺の体を剣で切り刻む。一気に殺《や》らずに、徐々に俺が弱っていく様を楽しんでいるようだ。

どくどくと血が流れ、気を失わないでいるのがやっとだった。体から力が抜け、膝《ひざ》からくずおれる。

「あなたが倒れたら、ゆっくりとあのお嬢ちゃんを捜します。もう逃げる気が起きないように、調教もしないといけないなぁ」

なにが可笑しいのか、糸目の男はくつくつと薄気味悪く笑っている。

俺は、両足を踏ん張ってまた立ち上がった。あの子に、ミヅキに手を出させはしない！

最後の力を振り絞るように前に出る。

「させない」

俺は獣のように両手足を地面につけて吠えた。牙を剥《む》き出し唸《うな》り、大きく跳躍《ちょうやく》して男に飛びかかる。

男は剣で俺の牙を受け止めた。俺は構わずにギリギリッと剣に噛みつく！

唇の端が切れ、口腔内に血の味が広がる。

「あはは！　本性を現したな！　やっぱりお前らは野蛮《やばん》な獣だ！」

男は目を血走らせながら哄笑《こうしょう》し、俺を剣で弾いた。

俺は地面に押し返され、したたかに体を打ちつける。しかし、すぐに上体を起こして、グッと踏ん張り男を睨みつけた。口から血が流れていたが、構わずまたすぐに襲いかかる。

「お前らはやっぱり獣なんだよ！　そうやって人間の真似をするな！」

「――シリウスさん！」

糸目の男が再び俺を嘲笑《ちょうしょう》したその時――今、最も聞きたくない声が後ろから聞こえてきた。

ハッとして振り返ると、ミヅキが立っていた。

◆

「ミヅキ……」

シリウスさんが牙を剥《む》き出したまま私のほうを見た。その顔は悲しみに歪《ゆが》んでいる。

私が治したはずの体は、なぜか傷だらけになっており、血が滴《したた》り落ちていた。

「あーははは！　なんだよその顔！　その姿を見せたくなかったのか？　まぁそうだよな！　そんな醜《みにく》い獣の本性なんて、誰が見ても気持ち悪い」

糸目の奴隷商人のお兄さんの言葉に、明らかにシリウスさんが動揺した。

シリウスさんはさっと私から視線を逸らし、体を背《そむ》ける。まるで自分の姿を隠そうとしているようだ。

「お嬢ちゃん見てみなよ、あれが獣人の本性だよ！　あいつらは人の皮を被った獣なんだよ！」

糸目のお兄さんはなにが嬉しいのか笑って私を見る。ただ、その瞳には冷酷で残忍な光が宿っていた。私は顔を歪《ゆが》めて、きつく糸目のお兄さんを睨みつける。

「あ～ははは！　傑作《けっさく》だ！　お嬢ちゃんのために本性を現したのに、その姿を拒絶されるなんて最高だなぁっ、お前！」

お兄さんは口端を吊り上げて、シリウスさんを嘲《あざけ》り続ける。

シリウスさんは膝《ひざ》をつき、もう抵抗する気力もなくなってしまったのか、頭と腕をダランと下げた。その体から滴《したた》る血が、地面を赤黒く濡らしていく。

「お嬢ちゃん、こっちにおいで！」

糸目のお兄さんが私に手を差し伸べた。

「今、ちゃんとこっちに来れば、逃げたのはなかったことにしてあげるよ」

そう優しく笑いかける。

私はじっと彼の顔を見た……そして、ゆっくりと歩き出す。

シリウスさんはこちらを見ようともしない。静かに目を閉じてしまった。まるで殺されるのを待っているようだ。

私は怒りを抱えながら、シリウスさんの側に近寄った。目の前に来ると、その傷だらけの姿に涙がこぼれる。

そして、目を閉じて全てを諦めているシリウスさんの首元に、ギュッと抱きついた。

シリウスさんは驚いて目を見開き、こっちを見ている。

「シリウスさんのバカ！　こんなに傷ついて許さない！」

私は溢れ出る涙をそのままに、彼の首筋に顔を埋めた。

「……ミヅキ」

シリウスさんは私の体に手を回そうとして、だが、途中でその手を止めた。そして、恐る恐る話し出した。

「お前は……俺が怖くないのか？　この姿を見て恐ろしくないのか？」

私は頭を上げ、シリウスさんを見つめる。その顔はなにを恐れているのか、恐怖で染まり、口からは血を流してボロボロになっていた。

「怖いよ！　すっごい怖い！」

私は叫んだ！　更にどっと涙が溢れ、頬を伝っていく。

「シリウスさんが傷だらけで怖い！　もう死んじゃうんじゃないかって、すっごく怖いよ！」

ギュッともう一度、首元に抱きついた。

なんで怪我するの……と、耳元で囁《ささや》く。

「すまん……」

シリウスさんがぽつりと謝った。私は真正面からシリウスさんの顔を捉える。

牙が出ている口元に触り、こびりついている血を拭《ぬぐ》う。

「ちょっと待ってね……」

私は微笑むと、離れまいとまた抱きつき、回復魔法をかけた。

「駄目だ！　やめるんだ！」

シリウスさんが叫ぶけれど、やめてあげない。

シリウスさんが淡く光り出すと、傷がみるみる塞《ふさ》がっていく。

「もう、やめてくれ！　もう十分だ！　これ以上はミヅキが……」

言い終わる前に光は収まり、回復魔法が消えた。

シリウスさんの叫び声が遠くに聞こえる。

その声から察するに、凄く心配してくれてるんだろうな……あのかっこいい耳をシュンと下げて、もしかしたら泣きそうな顔をしているかも……でも、いいんだ！　シリウスさんは少し人がどんなふうに心配するのかを分かったほうがいい。

私が傷だらけのシリウスさんを見て、どれだけ悲しくなったのか思い知ればいいんだ。

私は薄れゆく意識の中、そっと微笑んだ。そして、シリウスさんの回復した姿を見ることなく、また気を失ってしまった。

◆

俺達は、町の南側にある貴族の別荘が建ち並ぶ地区をひた走っていた。

すると、シルバがなにかに反応して顔を上げた。

「ガルルッ！」

「――っ！　シルバさんが嫌な臭いがすると！」

シルバが、ミヅキを見失った店で嗅《か》いだのと同じ臭いを感じ取ったらしい。コジローが皆に伝えると、シルバは前を走り出した。

「ついていくぞ！」

俺は声をかけ、どんどん奥へと進んでいくシルバの後を追いかけた。

屋敷が少なくなり、木々が生い茂《しげ》るところに出てもシルバの脚は止まらない。

「もう屋敷が見えないぞ、本当にこっちか？」

俺が尋ねてもシルバは無視して走っている。

すると、後ろを走る獣人が口を開いた。

「確かに、こっちのほうから変な臭いがします」

俺には感じないが、シルバや獣人達は鼻がいい。きっと人には感じられない臭いを嗅《か》ぎ取っているのだろう。

木々の生い茂《しげ》る林を抜けると、ポツンと一軒の屋敷が現れた。

「こんなところに、屋敷が……」

隠れ家にもってこいといった風情の屋敷だ。

「ガルゥ！」

驚いて屋敷を見上げる俺の横で、シルバが吠えた。見ると、屋敷の前で人が倒れ込んでいる。

その近くで、子供を抱えた獣人に近づく男がいた。

あの子供は、確かにミヅキだ……！

俺はすぐさま動くと、男の前に立ち塞《ふさ》がった。男は突然のことに細い目を見開く。

シルバはミヅキのもとに駆けつけ、獣人の前に立った。

チラッとミヅキを見ると顔色が悪く、気を失っている。

シルバがミヅキに呼びかけるように吠えているが、反応がない。

「ガルル！　ガウッ！」

ミヅキを抱えるボロボロの獣人が、ボソッと呟いた。

「魔力切れを起こしています」

シルバはその言葉を聞いて牙を剝《む》き、威圧を放つ。殺気がこちらにもビリビリと伝わってくる。

ミヅキを傷つけられ憤《ふん》怒《ぬ》しているのだろう。その気持ちはよく分かった。シルバが怒っていなければ自分がそうなっていたのは間違いなかったから。

獣人は威圧に脂汗を垂らすが、ミヅキを腕から離そうとしない。

青白い顔をして震えながら、シルバをじっと見ている。すると、シルバは急に威圧を止めた。

シルバはミヅキに近づき、匂いを嗅《か》いだ後、髪に鼻先を埋める。それから愛おしそうにミヅキの頬を舐《な》めた。

そして、くるっと向きを変えて、こちらにゆっくりと歩き出したかと思うと、

「ウワオオオオーン！」

突然、空に向かい大声で吠えた。

咆哮《ほうこう》に応えるように、空の様子がにわかに変わっていく。薄暗くなったと思ったら、ぶ厚い雲が不気味な音を轟《とどろ》かせながら集まってきた。俺達の真上で、バチバチと雷が光っている。

ハッとしてシルバを見ると、毛を逆立て、目が獰猛《どうもう》にギラついてる。完全にキレていた。

「シ、シルバ！　やめろ！」

俺は慌てて声をかけたが、シルバの耳には届かない。

コジローと獣人はシルバの威圧に膝《ひざ》をついてしまっていた。あれでは逃げることもできそうにない。

「シルバ！　気持ちは分かるが、それを放ってみろ！　町がなくなるぞ！　ミヅキがそれを喜ぶと思うのか！」

シルバが「ミヅキ」という言葉にピクッと反応した。俺は懸命に声をかけ続ける。

「ミヅキとこの町にいられなくなるぞ！　ミヅキのことをよく考えて冷静になれ！」

俺はシルバの前に立ち、動けないミヅキを指さした。

「ヴゥッ！」

シルバが吐き捨てるように一度吠えると、逆立っていた毛並みが落ち着き出す。周りに漂《ただよ》っていた威圧も薄くなった。

「ガウォン！」

シルバが短く空に吠える。間を置かずして、ドッガーン！　と大きな音と共に、分厚い雲から稲妻が屋敷の上に落ちた。

——ドガガガシャーン‼

雷に打たれた屋敷が炎に包まれて崩れ落ちる。その様子を皆、唖然として見つめていた。

しばらく呆然と目の前の光景を眺めていた俺は、ふと我に返り、シルバを睨みつけた。

「……おい、なにやってるんだ？」

いくらなんでもやりすぎだろ！

「ガウッ」

【フンッ！　雲を散らすために少し落としただけだ。あのくらいで済んだんだ、ありがたく思え】

シルバは反省する様子もなくプイッと横を向く。コジローがシルバの言葉を訳し、理由を聞いて更に驚愕した。

「なにが少しだ！　屋敷が崩壊したじゃねぇか！」

残骸《ざんがい》となった屋敷をビシッと指さし、絶対セバスさんに怒られるとブツブツ文句を言う。

まぁ、もうやってしまったものは仕方がない。

「シルバはミヅキの側にいろ、コイツは俺が捕まえておくから」

俺はシルバの威圧と雷魔法で腰を抜かしている糸目の男に近づいた。

唖然として抵抗を忘れている男をひもで縛り、そこら辺に転がしておく。

それよりもミヅキだ！　俺はシルバ達のもとに駆け寄り、

「ミヅキは？」

様子を窺《うかが》うように声をかけた。気を失っているミヅキを覗き込む。

近くで見ると顔色が凄く悪かった。まるで死人のように……

「ミヅキになにをした」

俺は未だミヅキを抱いたまま離さない獣人を睨むが、彼はなにも答えない。ならばと喉元《のどもと》に剣を突きつけ、もう一度問い詰める。

「ミヅキになにをしたんだ？　一体なにがあった！」

獣人は申し訳なさそうな顔をするが、なぜか理由を言わない。同じ顔の片割れの獣人に聞く。こいつが答えられなくても、双子なら考えていることが分かるかもしれない。

「おい！　お前の片割れはなにをしたんだ！　なぜ黙っている」

もう一人の獣人は困ったように首を横に振る。

「なぜか拒否して読み取れません」

はっ？　なにを言っているんだこいつらは……

激情に駆られて、このまま叩き切ってやろうかと首元に剣を押しつける。切っ先が喉《のど》元《もと》を掠《かす》め、そこからつっと血が滴《したた》った、その時――

獣人に抱かれたミヅキがモゾモゾと動き、ゆっくり目を開けた。

「ガルッ！」

「ミヅキ！」

シルバと、俺達は同時に声をかけた。

ミヅキはシルバを見て、力なく手を伸ばし、その毛並みに触れた。

そして俺達を見上げると……獣人に突きつけた剣を認めて目を見開いた。

あろうことか、その剣を素手で掴もうとする。

「ミヅキ、なにをしている！」

ミヅキが剣を握る既《すんで》のところで、俺は彼女の手が傷つかないように剣を退かす。

ミヅキの手を見ると、うっすら血が滲《にじ》んでしまっていた……クソッ、間に合わなかった。

剣先が掠《かす》ってしまったようだ。

「「「ミヅキ、血が！」」」

俺が叫ぶと、コジローと獣人までもが同時に叫んだ。シルバはすぐにミヅキの手を舐《な》めて、止血しようとする。

俺が危ない真似をしたミヅキを叱《しか》ろうとすると、逆にミヅキが俺をきつく睨みつけてきた。

「ベイカーさん、なんでシリウスさんに剣を向けたの！」

「い、いやこいつがミヅキになにかしたのかと思って……」

あまりの剣幕に、俺は慌てて理由を言う。しかし、ミヅキは更に眦《まなじり》を吊り上げ、怒りをあらわにした。

「シリウスさんは、私を助けようとしてくれたの！　ケンカしちゃ……いやだよ」

大きな声を出してクラクラしたのか、ミヅキの顔色が一層悪くなった。目に涙を溜めて、一生懸命説明しようとする。少し興奮しすぎたのか、また気を失いそうになってしまった。

周りがその様子に慌てるが、ミヅキは大丈夫だと獣人の腕に手を置いて、しっかりと体を支えた。

「しかし、こいつが、ミヅキが気を失っている理由を言わないから……」

俺は苦い顔になりながら、ちらりと獣人を一瞥《いちべつ》した。俺の言葉を聞いて、ミヅキはハッとして獣人を見上げる。

「もしかして……」

獣人に近づき、なにやらコソコソと耳打ちしている。怪しい……

獣人はミヅキの言葉にコクリと頷いていた。それから、

「そう言われたから」

と、優しく笑って答えた。

あんな顔もできるのか……俺は驚いて、まじまじと獣人を眺めた。

獣人とは表情が乏《とぼ》しいものだと思っていた。しかし、ミヅキと話すこいつは、俺達となにも変わらないように見えた。

「ありがとうございます。でも、いいんです。それでシリウスさんが傷ついちゃうなら、言ってもいいの。命令じゃないんだよ」

ミヅキはシリウスというらしい獣人の答えに嬉しそうにしながらも、困った顔で笑っていた。獣人は少し思考した後、言葉を発する。

「いや、ミヅキとの約束を俺が守りたかったんだ。これは俺の意思だ」

獣人は真剣な表情で、ミヅキの目をしっかりと見据えている。

そして、噛みしめるように答えた。自分の意思で選択したことだと……

ミヅキはふっと息を吐き、目元《めもと》を緩める。

「分かりました。黙っててくれてありがとうございました。でも次は駄目ですよ、傷つくほうが嫌です」

そう言って獣人の手をギュッと握った。

獣人は握られた手を凝然《ぎょうぜん》と見つめ、一瞬くしゃりと泣きそうな顔をする。それから、恐る恐るミヅキの小さな手を握り返した。

「で？　仲良くしてるところ悪いが、なんで気を失ってたんだ。しかも秘密ってのはなんのことかな？」

俺はずいっとミヅキに顔を寄せる。

ミヅキは気まずげにサッと顔を背《そむ》けた……これはまずいことをした時の顔だ！

すると、シルバが「ガウ」とボソッと吠えた。

ミヅキが弾かれたようにシルバを見た。裏切り者〜と顔に書いてある。

それから、人差し指を口の前に当て、「シーッ」と黙らせようとしているが、シルバは首を横に振って取り合わなかった。

先程のシルバの台詞《せりふ》をコジローが訳してくれた。

「シルバさんが、魔力切れだと」

コジローの言葉に違和感を覚える。ミヅキは人よりも魔力が高い、それを知っているのは俺とギルマス、セバスさんぐらいだが……それでも魔力切れを起こすような魔法をミヅキが使ったとは思えなかった。

「ミヅキが魔力切れだと？　あんなに魔法を連発しても平気なのに？」

俺は信じられんとミヅキを見ると、彼女は物言いたげに口を開閉している。

次の言葉を待っていると、ミヅキは覚悟を決めたようで一気に話し出した！

「回復魔法を使いました！　ごめんなさい！　でもシリウスさんを助けたくて……」

「………」

ペコッと頭を下げるミヅキ。俺はミヅキの言葉を頭の中で何度も反芻《はんすう》した。

今なんて言った？　回復魔法……しかもそれで魔力切れ？　一体どんな回復魔法を使ったんだ！

ミヅキは、俺の顔色を窺《うかが》うように上目遣いでこちらを見ている。

くそっ！　可愛いな！　こんな時でもミヅキを可愛いと思ってしまう自分に腹が立つ。

「おーまーえーはー！　次から次へとやらかしてくれる！」

ミヅキの小さな頭を持って、軽くグリグリとお仕置きする。

ミヅキも本調子じゃないだろうから、今回はこのくらいで俺からは勘弁してやろう。

「痛い痛いっ、ベイカーさんの本当に痛い！」

ミヅキは大袈裟《おおげさ》に痛がり、涙目になりながら頭をさすっていた。

そして、俺は獣人達に向き直り、真剣な顔で頭を下げた。

「頼む。このことは見なかったことにしてくれ。特にレオンハルト様への報告は勘弁してほしい」

「べ、ベイカーさん？」

ミヅキは俺の行動に虚を衝かれたのか、目を丸くする。

やはりミヅキは自分の価値が分かっていない。

今回誘拐された理由はビークワイの嫉妬《しっと》からだったが、フェンリルと鳳凰《ほうおう》を従魔に持ち、回復魔法を使える見目のいい幼女など狙う奴はごまんといる。

ここで王都へ情報が流れるのを止めておかないと、きっと後々大変なことになってしまう……

俺の言葉にミヅキといたシリウスという獣人は頷いてくれたが、もう一人の獣人は頷かない。

「それはできません。私達は、レオンハルト様の奴隷ですから」

これまでと同様、感情の浮かばない顔で答えた。

「兄さん……」

弟の獣人はミヅキをコジローに託《たく》し、立ち上がった。

「俺からも頼む。ミヅキは俺のために仕方なく回復魔法を使ってくれたんだ……魔力切れを起こすまでずっと……獣人の俺を助けてくれたんだ」

双子の獣人は見つめ合った。しばらく無言が続いたが、ややあって兄と呼ばれた獣人が静かに口を開いた。

「……分かりました。とりあえず自分からは言いません。しかし、レオンハルト様に聞かれた時、どう答えるかは私の自由です」

俺は「感謝する」と言って、もう一度頭を下げた。

さて、まずはギルドに報告だ。その前にミヅキを医務室に連れていき、休ませないと……

ひとまず奴隷商人達は縛り上げ、逃げられないようにしてそこに置いておくことにした。後で報告した際に回収してもらおう。

双子の獣人の名前は、シリウスとユリウスというらしい。俺達といたのがユリウスで兄、ミヅキといたのがシリウスで弟だそうだ。

顔も瓜二つなので、服でしか判別がつかない。

とりあえず弟のシリウスが怪我を負っているので、一度ギルドでミヅキと治療を受けることになった。しかし、シリウスは自分は獣人だからと断ろうとする。

そんな彼にミヅキが怒ったので、シリウスは渋々一緒についてくることになった。

そうして、俺達は皆でギルドに向かった。

◆

ギルドに着くと、シンクが真っ先に私の胸に飛び込んできた！

【ミヅキ～！　大丈夫？　なにもされなかった？】

シンクが、つぶらな瞳を揺らしながら私を見つめる。

【シンク、心配させてごめんね、大丈夫だよ。ちょっとクラクラするけど、魔力切れを

起こしてるせいなんだって。少し休めば魔力は回復するみたい】

そう言って心配かけないように笑って説明する。

【魔力切れ？】

シンクが私をじっと見て首を傾げた。おもむろに目を閉じ、私の腕の中で眠るように大人しくなる。すると、なんだか体がぽかぽかと温かくなり、気持ちがすっと楽になった。

【ふぅ～僕の魔力を少し分けたよ！　これでちょっとは楽になったかな？】

シンクがパチッと目を開けて、頭を擦《す》り寄せてくる。

【えっ？】

確かにもうクラクラしなかった。体が軽く、楽になってる。

【凄い！　そんなことできるんだ！】

【ミヅキ……普通はそんなことできんぞ】

シンクの変わった魔法に喜んでいると、シルバが他の人達には聞こえないのにそっと教えてくれた。

【えっ！　そうなの？】

【多分、ミヅキとシンクだからできるんだ。一度繋がったし、従魔の契約をしているからな。他の奴らには……言うなよ】

そんなことを言われてしまう。私はシンクが生まれる時に、自分の魔力を明け渡してその身を助けた。そうして一度、心の深いところで繋がったからできることなんだとシルバが説明してくれる。

おー！　ヤバい、怒られるところだった。

シルバが教えてくれなければ、またベイカーさんに頭をグリグリとされてしまうところだった！　あれ、本当に痛いんだよね……教えてくれたシルバにはお礼を言っておこう。

シルバは、しょうがない奴だと尻尾を振りながら、なぜかご機嫌そうにしていた。先程、私を裏切って、魔力切れを起こしていることをベイカーさん達に伝えたの、気にしていたのかも……

あれは私のためにそうしたのだと分かっている。だから、怒ってないよと、たっぷりその可愛い顔を撫《な》でた。

それから私は医務室に連れていかれ、ベッドに座らされた。

もう魔力が戻ったから大丈夫なのだが……それを言うと、今度はなぜ戻ったのかと聞かれて、余計面倒なことになってしまう……

なので、ここは大人しく様子を見ることにした。

「ミヅキさん」

不意に誰かに名前を呼ばれた。振り返ると、セバスさんがアルフノーヴァさんと一緒に私のもとに走ってきた。

「ミヅキさん、大丈夫でしたか？」

側に跪《ひざまず》いて、心配そうに私の顔を覗き込む。

「はい。シリウスさんが助けてくれたから。それに、ベイカーさん達やシルバも来てくれました」

実際、今はどこも怪我なく大丈夫だ。私の元気そうな姿に二人ともホッと息をつく。

「とりあえず今は体を休めてください。魔力切れは油断すると死ぬ場合もありますから、もう無理しないでくださいね」

「はい……」

「ところで……その魔力切れの原因について、ベイカーさんから耳を疑うことを聞きましたが？」

本当に心配そうなセバスさんに申し訳なく思っていた矢先、彼が黒くにっこり笑った。

どうやら回復魔法についてベイカーさんから聞いたようだ。

セバスさんの後ろから放たれる黒いオーラに口元がひくつく。

「そのことは後でじっくりとお話ししましょうね」

優しく頭を撫《な》でられた。

【ど、ど、どうしよぉ～う！　絶対怒ってるよね！】

【ミヅキが悪い。しっかり怒られてこい。まったく心配ばかりかけるからだ。俺も……凄く心配したぞ】

縋《すが》るように見つめると、シルバが側に擦《す》り寄ってくる。

【うん……ごめんね】

いつも堂々としていて、強くてかっこいいシルバがここまで甘えてくるのは珍しい。そこまで不安にさせてしまったのだと改めて実感して、私はその体をギュッと抱きしめた。

「本当に心配しましたよ、無事でよかった」

隣ではアルフノーヴァさんもホッとしたように微笑んでいる。

「アルフノーヴァさんにもご心配おかけしました」

私がぺこっと頭を下げると、彼は頭に優しく手を置いた。

「次は無理をしないでね。それより名前……アルフでいいと言ったよね」

「うーん、でもやっぱりちゃんとお名前呼びたいので……アルフノーヴァさんってお名前かっこいいです！」

私が答えると、セバスさんにそっくりだとアルフノーヴァさんが苦笑した。

しばらくして、そろそろ大丈夫だろうと思い、魔力が戻ったと報告する。すると、ベイカーさんから回復魔法を見せてみろと言われた。

部屋にはベイカーさん、コジローさん、ディムロスさん、セバスさん、アルフノーヴァさん、シリウスさん、ユリウスさん、シルバ、シンク、そして私だけになり、検証することになった。

シリウスさんはまだ治療を受けていないということだったので、彼に回復魔法をかける。

「いいか！　くれぐれもやりすぎるな！　一回だけでいいからな！」

ベイカーさんが何度も念を押す。そして、こっそりと皆にバレないように耳打ちをしてきた。

「魔法の消費をステータスで確認しておけ。どの程度魔力を使うのか把握《はあく》しておいたほうがいいからな」

なるほど。私はコクッと頷き、分かったと親指を立てた。

久しぶりにステータスを確認する。

《名前》ミヅキ
《職業》テイマー
《レベル》25↓30
《体力》310↓310／340
《魔力》32000↓39000／45000
《スキル》回復魔法　水魔法　火魔法　土魔法　風魔法
《従魔》シルバ（フェンリル）　シンク（鳳凰《ほうおう》）
《備考》愛《いと》し子　転生者　鑑定　癒《いや》し　？？？

あー、また少しレベルが上がってる。シンクとシルバがたまに魔物をやっつけてくれるからかな？　体力と魔力がまだ完全に回復できてないみたい。

とりあえず魔力だけ数値を覚えておく。

「では、ミヅキさん。回復魔法をお願いします」

アルフノーヴァさんがシリウスさんを私の前に座らせる。

「シリウスさんいくよー」

「頼む」

私が声をかけるとシリウスさんが頷いた。

体にはまだところどころに切り傷が残っている。この前の回復魔法では治しきれなかった部分と、新しくできた傷だ。

私はシリウスさんの腕を掴んで、切り傷にそっと触れる。

できることなら全部治してあげたい……でも、やりすぎるとまた皆に心配かけちゃうし……

いろいろ考えながら、薄く全身に広がるように魔法をかけてみることにした。

私を守ってくれた傷がなくなりますように……

すると、シリウスさんを淡い光が包んだ。最初の時よりも弱い光に、上手く魔力量を調整しながらかけられたと感じる。

「おお！」

ディムロスさんとセバスさんが私の魔法に驚いている。

「なんだ……この回復魔法は？」

続いて、アルフノーヴァさんが呟いた。

皆がシリウスさんに群《むら》がる。傷の具合を確認しようと体中をくまなく確認するが、ほとんどの傷がなくなっていた。

「ミヅキ！　体調は!?」

やりすぎじゃないかと、皆が心配して私に視線を向ける。けれど、体の不調は感じられなかった。

「大丈夫です。クラクラもしません」

立ち上がり、くるっと回ってみせ、元気なことを証明する。

皆がホッとする中、ステータスを確認してみた。

《名前》ミヅキ
《職業》テイマー
《レベル》30
《体力》310／340
《魔力》38000／45000
《スキル》回復魔法　水魔法　火魔法　土魔法　風魔法
《従魔》シルバ（フェンリル）　シンク（鳳凰《ほうおう》）

《備考》愛《いと》し子　転生者　鑑定　癒《いや》し　？？？

さっきは魔力が「39000」だったのが「38000」になっている。

回復魔法は「1000」、消費するのか。燃費が悪いのかいいのか分からないな？　でも、この前よりも楽にできた気がする。

ベイカーさんがそっと近づいてきて、どうだったかとコソッと聞いてくる。

「さっきので1000消費しました」

正直にそう報告すると、

「ぶっ！」

ベイカーさんが噴き出した。

「はっ？　1000だと！」

あれ？　またやらかしたか？

まずかったのかとベイカーさんを見上げる。

「よく聞けよ、俺の魔力が3000ないくらいだ」

ベイカーさんは私の両肩を掴み、言い聞かせるように教えてくれる。

ベイカーさんほどの冒険者が魔力3000か……うん。まずいね！

ベイカーさんが顔で、黙ってろよと念を送ってくる。

私はうん！　うん！　と高速で頷いておいた。

五　双子

アルフノーヴァさんは私の回復魔法を見て、考え込んでしまった。

「あんな回復魔法、見たことがない。ミヅキさんの魔法は少し他とは違うようだね……」

彼の言葉に、私以外の皆が一斉に頷く。

私は自分の他に回復魔法を見たことがないので、違いがよく分からなかった。

首を傾げていると、

「普通の回復魔法は、回復薬と同じで傷は治るが傷痕《きずあと》までは消せないんだよ。ミヅキさんの腕がそうだったように」

確かに腕に火傷《やけど》を負った時、傷痕《きずあと》が残ってしまったことがあった。

「見てごらん」

アルフノーヴァさんが、シリウスさんの腕を掴んで傷痕《きずあと》を見せる。

「あっ！」

さっきまであったはずの古い傷痕《きずあと》までが、綺麗になくなっていた。

「ね！」と、無邪気にアルフノーヴァさんが笑う。

「なぜかは分からないけど、ミヅキさんの魔法は少し特殊なようだね。なので人前で使うのはおすすめしないよ……そうだな、シルバさんがやったことにするというのはどうだろうか？」

と、聞いてくる。

「シンクさんでもいいけど、まだ子供のようだし、それで狙われることになっても困るだろうしね」

「ミヅキそれがいい。シルバはどう思う？」

ベイカーさんがアルフノーヴァさんの提案に頷き、シルバに尋ねる。

【俺は構わない。それでミヅキの危険が少なくなるなら】

「シルバもおっけーだって！」

「では、これからは極力回復魔法は使わないように。もし使うなら、シルバさんがかけているようにみせること」

分かったかな、とこちらを向くアルフノーヴァさん。

なんだかその表情に凄みがあり、口を挟める雰囲気ではなく、私はただただ頷く。

【でもシルバは本当にいいの？】

気になって聞いてみても、シルバは笑って構わないとしか言ってくれない。

いつもお世話かけます。

傷が治ったシリウスさんは、ユリウスさんが持ってきた服に着替えた。

まったく同じ服に着替えると、二人の違いがほとんど分からなくなる。

「では、我々はレオンハルト様の護衛に戻ります。治療、感謝いたします」

ユリウスさんがお礼を言うと、二人がそのまま出ていこうとするので、私は急いでシリウスさんのもとに駆け寄った。

「シリウスさん、助けてくれてありがとうございました……また会えますか？」

背の高いシリウスさんを見上げて、彼の顔色を窺《うかが》うように尋ねる。シリウスさんは、少し驚いた顔をした後、軽く微笑みながら腰を落としてくれた。そして、そっと呟いた。

「またな」

二人が帰ってしまうと、ベイカーさんが私に聞いてきた。

「ミヅキ、よくあの二人の区別がつくな？」

なんのことか分からずに首を傾げると、ベイカーさんが続ける。

「あの、双子の獣人だよ。俺にはどっちがシリウスか分からなかった」

信じられないことを言われる。

「えー！　全然違うよ！　皆は分かるよね？」

きっとベイカーさんだから分からないのだと思って他の人に確認してみるも、全員が分からないと答えた。

えっ！　私がおかしいの？

シルバは匂いで分かると言うが、見た目だけでは判断できないと答える。

「なんかシリウスさんは優しそうに笑うし、ユリウスさんは真面目そうな雰囲気がするよ。目が違うよね」

二人の違いを教えるが、今度は皆が首を傾げる番だった。

「また会えるかな～」

私はシリウスさん達が行ってしまった扉を見つめて、呟いた。途端に寂《さび》しさが込み上げてきて、眉尻が下がっていく。そんな私を横目に見て、なぜかベイカーさんの機嫌が悪くなる。

「不本意だが会える……」

会えると聞いて、その前の「不本意」という言葉を無視し、私は「やったー」と喜んだ！

「獣人達に会える訳じゃない……その主人のレオンハルト様がミヅキに会いたいそうだ」

私は思いっきり嫌そうな顔をしてしまう。まずシリウスさん達の主人という言葉が嫌だ！

なんで会いたいのか、理由を尋ねると、シルバを見て使役している主人に会いたいと言ってきたとのこと……理由までもなんかムカつく。

私は別にシルバの主人なんてつもりはない。便宜《べんぎ》上、主人となっているが関係は対等のつもりだ。

「無理やり仕えさせるような真似はしないように言っておいたが……なんせあの我儘《わがまま》王子だからな」

ベイカーさんが口を滑らせた。

「おうじ!?」

私は驚き、聞き返す。

ベイカーさんはしまったと口を押さえるがもう遅い。しっかりと聞いたよ！

セバスさんが、ベイカーさんの頭をパンッと軽快な音を立てて叩いた。

えーシリウスさん達、王子様の奴隷なの？　それにしてはあんまり幸せそうじゃなかったな……

しかも、以前ドラゴン亭に来た、感じの悪い奴がその王子だと聞かされる。

「会うのはいいですけど……失礼な態度を取ったら捕まっちゃいますか？」

恐る恐るアルフノーヴァさんに聞いてみる。

「失礼な態度とは？」

アルフノーヴァさんが聞くので、

「バカとかアホとか？」

思わず言っちゃいそうな言葉をあげてみる。

「ぶはっ！」

誰かが噴いた。

笑い声のしたほうを見ると、セバスさんがお腹を抱えて笑っていた。必死に声を出さないよう我慢しているみたいだが、肩がぷるぷると震えている。

他の皆は、セバスさんの様子にポカンとしていた。普段ポーカーフェイスを崩さない彼が、ここまで笑っているのが珍しいのだろう。

そんな中、アルフノーヴァさんだけが苦笑を漏らしながら答えてくれる。

「なるべく言わないでほしいかな、後処理が大変そうだから」

なるべくなら、ちょっとくらいは大丈夫かな？

とりあえず私は、「はーい！　なるべく頑張ります」と返事をしておいた。

◆

数日後、早速レオンハルト様と会うことになってしまった。

一応王子だが、本人が今回はアルフノーヴァさんの弟子として来ているの一点張りで、大袈裟《おおげさ》な対応はしなくていいとのこと。なのでギルドの一室を貸してもらい、そこで会うことになった。

ベイカーさんとシルバ、シンクと共にギルドに向かう。

シンクはまだ従魔だとバレていないので、ベイカーさんのペットという設定でついていくことになった。ギルドに着くと、シリウスさんが微笑みながら待っていた。

「ミヅキ、今日はよろしく頼む」

と声をかけてくる。

続いてベイカーさんに挨拶《あいさつ》をしている彼を見て、私は怪訝《けげん》に思って尋ねた。

「ユリウスさん、なんでシリウスさんの格好をしているの？」

意味が分からないと私が言うと、ベイカーさんが驚いた顔で、シリウスさんの格好をしているユリウスさんを凝視《ぎょうし》した。

ユリウスさんは驚いた顔をしてこちらを見ている。

「なぜ見分けがつくのですか？」

ユリウスさんが微笑んでいた顔を真顔に戻して聞いてくる。

質問の意図が分からず首を傾げると、彼は更に続けた。

「なにか違うところがありますか？」

「違うところ？　シリウスさんとユリウスさんの？」

「はい。そうです」

神妙な面持ちでこちらを見つめるユリウスさん。私は驚いて、彼に向かって身を乗り出した。

「違うところだらけだよ！　シリウスさんは少し甘えん坊のやんちゃな弟って感じで、私に優しく笑いかけてくれる。ユリウスさんはまだよく知らないけど、しっかり者の真面目なお兄ちゃんって感じに見えます。特にシリウスさんを見てる時の顔は優しそうだね！」

私は力説して答えた。

ユリウスさんは衝撃を受けたように固まっている。

「だって……シリウスさんはシリウスさんだし、ユリウスさんはユリウスさんでしょ？

二人とも、双子だからってまったく同じじゃないよね。違ってて当たり前でしょ？」

どうしてそんなことを改めて聞くんだろう？　不思議に思いながらも、彼に笑いかけた。

ユリウスさんは一瞬息を詰めた後、ふっと肩の力が抜けた。そして、シリウスさんのように柔らかい笑みを浮かべた。

「こんなことをして、申し訳ありませんでした……」

そして、急に謝った。

理由を聞くと、どうやら私達と別れた後、シリウスさんの様子がおかしく、私との間になにかあったのかと訝《いぶか》っていたらしい。そして真相を探ろうと、私の前にシリウスさんの格好をして現れたようだ。

昨日、私が二人を見分けたことも気になり、このような真似をしたという。

これまで他人で自分達を見分けた者はいなかったそうで、本当にびっくりしたようだ。

だが、そう語る彼の顔に嫌悪はまったく滲《にじ》んでおらず、私はホッとする。

「シリウスを変えたのはあなただったのですね」

ユリウスさんはそう言って、嬉しそうに微笑んでいた。

その顔はやっぱり、弟を心配する優しいお兄さんにしか見えなかった。

でも、本当に双子は似てるなぁ……笑った顔は二人ともそっくりだと思う。

ユリウスさんはそのまま私達をレオンハルト王子のもとに案内する。

途中、申し訳なさそうに武器などを持っていないか確認された。

武器はないけど、シルバ達が武器みたいなものだしなぁ……と思ったが、そんなことは決して口にせずにレオンハルト王子の待つ部屋へと向かった。

扉の前には、セバスさんとアルフノーヴァさんがすでに待っていた。

――トントントン。

ユリウスさんが声をかけて扉をノックすると、

「入れ！」

レオンハルト王子と思われる男の子の偉そうな声がした。

ユリウスさんが静かに扉を開ける。中にはテーブルとソファーがあり、レオンハルト王子が一人座っている。

ソファーの後ろにはシリウスさんが立っていた。

私はシリウスさんを見つけ、思わずパァーッと笑顔になった。手を振りたかったが、真面目に仕事をしているシリウスさんに悪いので、グッと手を上げるのを我慢した。

だが、その様子にシリウスさんがふっと顔を緩めたのを見逃さなかった！

「それで？　どいつがそのフェンリルの主人なんだ？」

レオンハルト王子は皆の顔を見回し、小首を傾げる。瞬間、全員の視線が私に集中した。

「は？」

レオンハルト王子が、不可解そうにアルフノーヴァさんの顔を見る。

「本当ですよ」

アルフノーヴァさんがにっこりと笑う。すると、レオンハルト王子は愕然として、私を見据えた。

「このチビが……」

ムカッ！　チビにチビって言われた！　確かに今は私のほうが小さいけど、絶対に精神年齢は私のほうが上だね！　やっぱりこの子、可愛くないわぁ～！

私は、口を開けば余計なことを言ってしまいそうなので、黙っていることにした。

「おい！　お前、名はなんという」

レオンハルト王子は横柄《おうへい》な態度でそう聞いてくる。名前を聞くならまず、自分から名乗りなさいよ！

チラッと、ベイカーさんを見ると頷いているので、仕方なく答えた。

「……ミヅキ……です」

顔を見れば文句が出そうなので、下を向き、極力彼を視界に入れないように答えた。

「こちらを向いていいぞ」

ちっ！　私は心の中で舌打ちした。わざわざ目線を外してるんだけどなぁっ！

はぁーとため息をつき渋々顔を上げると、レオンハルト王子とバチッと目が合った。

こうして見ると喋《しゃべ》らなければ綺麗な顔をしている。王子と言われても納得の容姿だ。

気のせいかな？　王子の顔がほんのり赤くなったような気がする……部屋が暑いのかな？

「こちらに座れ」

レオンハルト王子は、目の前のソファーを指さした。

嫌だ！　思わずそう言いそうになる。ベイカーさんを再び見ると、仕方なさそうに頷いている。王子の命令だから従ったほうがいいのだろう。

しかし、あまりに嫌すぎて、ベイカーさんの服を縋《すが》るようにギュッと握った。

ベイカーさんは私の顔を見ると、

「レオンハルト様、ミヅキはまだ幼いので、一緒に俺、……いや私が座ることをお許しいただけますか」

ペコッと頭を下げてくれた。

「……まぁ、いいだろう」

ベイカーさんは私を抱きかかえる。それから失礼しますと言って、そのままソファーに座って私を膝《ひざ》に乗せてくれた。

ベイカーさんのお膝《ひざ》、安心する……

すると、シルバが移動して私のすぐ側に座る。シンクも私の顔が見えるようベイカーさんの肩にとまった。

【ミヅキ、大丈夫か？】

シルバとシンクが心配そうにしている。

【うん……大丈夫、なんか緊張しちゃって……】

いくら気に入らないといえど相手は王子だ。緊張して微《かす》かに体が震えてしまう。

皆に囲まれ、ベイカーさんの体温を感じ、やっと少し落ち着いてきた。

「それで、どうやってこんな強そうな魔獣を従魔にできたんだ」

どうやって？　私はシルバ達に会った時のことを思い出し……

「両思いだから？」

疑問形で返した。

「はっ？　なんだそれは？」

レオンハルト王子は意味が分からんと鼻で笑う。

えっ、だってお互い好意を寄せたら従魔になったような……それ以外でどうやって契約するのか知らない。

【相手から一方的に好意を寄せられてもできないぞ。俺達がそう望んだから従魔になったのだ。ミヅキ以外ならあり得ないな】

私の視線を受けて、シルバが言う。シンクも同意するように頷き【そうだね】と答える。

えー！　じゃあ、どう言えばいいんだ……私以外は無理です……なんて言ったら絶対まずいよね。

うーん、なんかもういいや……面倒になってきた。

「分かりません」

私は投げやりな気分になり、レオンハルト王子からの質問に、ほとんど「分からない」と答えることにした。

だって本当に分からないし！

どうやったら従魔にできるとか、どんな命令でもできるのかとか、どのくらい強いのだとか、興味ないし！

どうせなら、好きな食べ物とか、どこが一番モフモフなのかとか聞いてほしいわ！

それなら何時間でも説明できる自信がある。

レオンハルト王子も、私が重要なことはなにも分からないとようやく分かったのか質問を変えた。

「僕に仕える気はないか？」

自信満々に笑いながら聞いてくる。

私は一瞬、台詞《せりふ》の意味が分からずに固まった。ベイカーさんの腕がピクッと動くがなにも言わない。

「……は？　なに……」

私は「なに言ってんの？」と思わず言いそうになり口を噤《つぐ》んだ。そして、落ち着いて息を吐き出す。

「申し訳ありません。仕える気はありません」

できるだけ丁寧に断った。

しかし、レオンハルト王子は、鷹揚《おうよう》に笑いながらまだ誘ってくる。

「僕と王都に来れば、ここではできない贅沢《ぜいたく》な暮らしを約束しよう。ある程度の地位もやるぞ！」

私は一瞬苦い表情を浮かべてしまったが、慌てて戻してもう一度はっきりと断った。

「ここが好きですので、王都に行く気はないです」

しかし、話を聞いていないのか、王子の独演会は続いた。

「そんなみすぼらしい服じゃなくて、綺麗なドレスも用意させるぞ。あと、僕の側でこいつらのように仕えるのも許そう」

しょうがないから妥協《だきょう》してやるとでも言いたげな口振りだ。

――ピキッ！

その時、私の頭の奥から変な音がした。

私はなにも答えずに下を向く。それを悩んでいると勘違いしたのか、レオンハルト王子の誘い文句は止まらない。

「そのフェンリルがいるなら、コイツらはもういらないかな！　お前がいればフェンリルに乗って移動もできそうだな！」

もう私がついてくることは彼の中で決定事項なのか、シルバに乗る気でいる。

――ピキッピキッ！　我慢ならん！

私はベイカーさんの膝《ひざ》から飛び下りると、両手でテーブルを「バァンッ！」と叩き、レオンハルト王子を睨みつけた。もう震えは止まっていた。

「あんたとなんか行かないって言ってるでしょ！　誰が、あなたみたいな我儘《わがまま》な子供の相手をするかー！　それに、シリウスさんとユリウスさんだ！　コイツらって呼ばないで！」

私は激情のままに一気にまくし立てた。

シーンと部屋が静まり返る。

私は、はぁはぁと肩で息をして、ハッと我に返った。

やっちまったー！

皆を見ると、セバスさんが額に手を当て苦笑している。

アルフノーヴァさんはなにが面白いのかケラケラと笑っていた。

最後にベイカーさんに視線を向けると、呆れたように、やはり笑っていた。よかった……皆、怒ってないようだ。

「まぁ、我慢したほうだよな」

そしてベイカーさんは私の耳元に近づき、レオンハルト王子に聞こえないように呟いた。

「駄目なら、この国を出よう」

そう言われて、それほどのことをしてしまったのかと青くなる。

セバスさんが側にやってきて、私の頭に手を置き、優しい顔で笑った。

「私もお付き合いしますよ」

多分コジローも来るよな、と二人で笑い合っている。

「お、お前！　僕に向かってなんだその口の聞き方は！」

レオンハルト王子はしばらく私の暴言にショックを受けていたが、立ち直って、顔を真っ赤にして怒ってしまった。

すると、アルフノーヴァさんが私を庇《かば》うように前に出た。

「レオン王子。今回は王子としてではなく、私の弟子としてついてきたのですよね？」

幼い子を諭《さと》すように話しかける。レオンハルト王子はグッと苦虫を噛み潰したような顔をした。

「しかし、この子供の態度は……」

「なら、今回のことは、私は関係ないとお父上様に報告します」

そう言われて、レオンハルト王子は口を噤《つぐ》んでしまった。

「レオン王子が自分で王子として扱うなと仰ったのですよ。王族なら自分の言葉にきちんと責任をお持ちください」

そう窘《たしな》めると、レオンハルト王子は手を握り、下を向いてしまう。

態度は悪いけど、まだ子供なんだよね……ここは元大人として対応してあげなければ……

私はレオンハルト王子に近づく。私の気配に気が付いて、彼が顔を上げた。

「先程は失礼な態度を取ってしまい、申し訳ありませんでした」

そう言って、王子に頭を下げる。

「私はここの暮らしが好きです。ここの人達が好きです。だからこの町を離れるつもりはありません。お誘いいただき光栄ですが、申し訳ありません。お断りいたします」

顔を上げて、にっこりと笑いかけた。

レオンハルト王子は綺麗な目を見開き、私を見つめる。

それから驚いた顔のまま固まって、一向になにも答えてくれない。どうしたのだろうと首を傾げると、レオンハルト王子の顔が少し赤くなっている。

やっぱりまだ怒っているのか……

私はもう一度すみませんでしたと腰を折った。私のせいでベイカーさん達をお尋ね者にする訳にはいかない。

「も、もういい。顔を上げろ」

そう言われてようやく顔を上げる。よかった、許してくれるのかな？

「お前、ミヅキと言ったな？」

そうだ、と頷く。

「ミヅキ……可愛い名前だな」

——はっ？

なんだか王子の様子がおかしい。ぽうっとしながら私を熱っぽい目で見つめてくる。

私は思いっきり顔を顰《しか》め、彼から一歩距離を取った。

「まだ幼い子供と思ったが、立ち居振る舞いや言動は大人のようにしっかりしているな」

彼は私の喋《しゃべ》り方に感心しているようだ。

「しかも……その艶やかな黒髪も、それとお揃いの瞳も……とても綺麗だ。なぜだろう、お前を見ると世界が輝《かがや》いて見える」

私の手をそっと掴むレオンハルト王子。ん？　なんか嫌な予感……

ゾワゾワと鳥肌が立ち、反射的に手を引こうとするが、意外と強く握られていて離せない。

やだっ！　助けて！

戸惑いながらベイカーさんを見ると、あんぐりと口を開けて唖然としている。

「ミヅキ……僕に仕えるのではなく、僕と生涯《しょうがい》を共にする気はないか？」

レオンハルト王子はそう言うと、私の手の甲に口づけを落とした。思わずフリーズしてしまう。

えっ？　今、この子なんて言った？　ショウガイヲトモニ？　……生涯《しょうがい》を共に？　それって結婚する時とかに言われるやつ？　こんな小学生みたいな子が私に？　あっ、私も今子供か……

えっ？　こんな子供にプロポーズ？

初めての経験に脳内パニックを起こす。

しかし、周りがいち早くショックから立ち直り動き出してくれた。

シルバが、私の手を取るレオンハルト王子の手を前脚で叩き落とした。その衝撃にハッと覚醒する。

けれど、そんなことでは諦めない王子は私の目を見つめてきた。

「ミヅキどうだ？　考えてはくれないか？」

「えっ無理です」

私は、間髪《かんはつ》を容《い》れず断った。それでもレオンハルト王子はめげない。

こちらに身を乗り出し、必死な形相《ぎょうそう》で言い寄ってくる。

「なにが無理なんだ？　どうすれば頷いてくれる？　それとももう好きな奴でもいるのか？」

「えー？　だって（器が）小さいし、性格悪いし、私……シリウスさんやユリウスさんのほうが好きです」

思わず本音が漏れると、シリウスさんとユリウスさんの耳がピクッと動いた。

レオンハルト王子がキッと側に控える二人を睨みつけた。すると、二人は気まずげにサッと視線を逸らす。

「僕よりもこの獣人達がいいだと……」

「あー！　そういうところです。やっぱり無理です」

私はムリムリと手を振った。レオンハルト王子が悔しそうに口を噤《つぐ》む。

「人のことをコイツとか、アイツとか呼ぶ人ははっきり言って嫌いです」

「コイツらは人ではない、獣人だぞ！」

「私から見れば人も獣人も変わりません。皆同じです」

「僕よりコイツらがいいのか！　ミヅキにとってコイツらはなんなんだ！」

「えっ？」

私の……なんだろ？　思わず二人に目を向ける。

今度は二人とも、目を逸らさずに私を見つめていた。その答えを聞きたそうに……

「私は……二人の友達になりたいです。シリウスさん、ユリウスさん、私の友達になってください」

私は小さい手を二人の前に差し出した。が、一向に差し出した手に触れてくれない。

しょぼんとして手を下ろそうとしたその時……私の手がそっと取られた。

弾かれたように顔を上げると、シリウスさんが恐る恐るといったふうに私の手を握っている。

「俺達、獣人が人の手を取るなど許されません。しかし、もし許されるなら、俺はミヅキと友達になりたい。獣人の俺を差別することなく助けてくれたミヅキと……」

シリウスさんは瞳を揺らしながら、言葉を区切った。それから小さく俯《うつむ》き、手を離して、すみませんと謝る。

私は、その手を追いかけるように再び握りしめた。

「友達になるのに誰の許しが必要なの？　私とシリウスさんがお互い友達になりたいと思ってるのに、それを否定なんてさせない。シリウスさんの気持ち、凄く嬉しかった。これからは私達、ずっと友達だよ！」

二人で繋いでいる手に、ユリウスさんがそっと自分の手を乗せた。

「ミヅキさん、誰の許しもいらないのなら私も……」

ユリウスさんの手の上に、自分の手を乗せ、ギュッと握る。

「ユリウスさんありがとう。えへへっ、二人に会えて本当に嬉しいよ！」

三人で照れ臭そうに笑い合っていると、

「おい！　僕を忘れるな！　僕より先にミヅキと手を握り合うなんて……」

レオンハルト王子が怒って、私達の繋いだ手を睨みつけている。すっかり彼の存在を忘れてた。

「えっと、二人とは、今友達になりました！」

にっこり笑って答える。

「獣人と友達なんて……」

だが、彼は納得できないのか、まだ悲しいことを言っている。

「なんで、そんなに獣人達を蔑《ないがし》ろにするんですか？」

あまりに意固地な態度に理由を聞いてみる。それほど酷いことを獣人達にされたのだろうか……

「コイツら獣人は、帝国との戦いに負けたんだ！　その時の戦いで多くの人が死んだ！

コイツらはその罪を一生償《つぐな》っていくんだ！」

「その戦いで、獣人の人達は一人も死ななかったの？　獣人達にはなんの被害もなかったの？」

そんな訳ない。私は王子を真っ直ぐに見据えて尋ねた。

「それは……」

レオンハルト王子は私の視線にたじろぎ、言葉を詰まらせる。

「で、でも人のほうが沢山死んだんだ！」

「人の死は、数じゃない。思いだよ……そしてそれは人も獣人も同じだと思う。少ない数だからって悲しまない訳じゃないよ……」

私の言葉をレオンハルト王子は黙って聞く。

「シリウスさんやユリウスさんが誰を殺したの？　あなたの家族？」

「いや……」

「昔、人と獣人の間で起こった戦いのことに、今を生きてる獣人達は関係ないと私は思う。ちゃんと今を生きるユリウスさん、シリウスさん、一人一人を見てあげて」

種族で人を差別しないでほしい。命の重さに差なんてない。

私は祈るように言ったが、彼は下を向きなにも答えない。

でも、レオンハルト王子が全て悪い訳ではないとも思う。そういうことを教える大人や、戦争を起こした人達が一番いけないんだ。

「悪いことをしたら、罪を償《つぐな》わないといけないと思うよ。だけど、過去の人達の罪を彼らが償《つぐな》うのは間違ってる!!」

私は、ハッキリとそう言った。

シーンと静まり返る室内に、不意に聞いたことのない声が響いた。

「君は面白いことを考えるね」

声のしたほうを見ると、扉にギルマスのディムロスさんと、甘いマスクのダンディーな男性が立っていた。男性は微笑みながら私のほうに近づいてくる。

「じゃあ君は、獣人達の奴隷に反対なのかな？」

ふるふると首を横に振る。

「分かりません。奴隷がどういう存在で、どういう制約を受けるものなのか、知らないので……」

どう答えていいのか分からずに、正直に思ったことを伝える。

「ただ、主従関係って本来はいいものです」

私は側にいたシルバとシンクを引き寄せる。そして、微笑みながら、彼らの柔らかい毛並みを撫《な》でた。

「お互いを信頼し、尊重し合うことで、もっといい関係が築けるはずです。私達がそうであるように」

シルバ達は同意するように、嬉しげに私に寄り添った。

「信頼し尊重するか……」

「はい！」

私はニコッと笑った。

「主人なら従者が困っていたら助けてあげないと！　主人として彼らには幸せであってほしいです。逆に私は助けてもらってばかりで……なのでどっちが主人か分かりませんが……」

恥ずかしくなり、頭をかいた。そんな私に二匹は体を擦《す》り寄せて、目を細める。

【いや、俺達もミヅキに助けられた。ミヅキは俺達の自慢の主人だぞ】

【そうだよ！　ミヅキのお願いに嫌なものなんてないよ】

シルバ達の言葉に私は嬉しくなる。なぜなら思いが一緒だから！

「シルバ達はもう私の家族だから、迷惑の掛け合いはしょうがないの！」

「……ほう！」

私の話に、男性が面白がるように口端を上げる。

ところで、この人誰だ？

不思議に思い、その顔をじっと見ると、妙に既視感を覚えた。

あれ？　最近見た顔だな？

うーんと考え込む私の横で、緊張から引きつった声が聞こえた。

「ち、父上……」

レオンハルト王子がボソッと呟く。

あー！　そうだ、レオンハルト王子の瞳にそっくりなんだ。

髪の色が違うから気が付かなかった。レオンハルト王子は綺麗な金色だけど、目の前の男性は少し茶色い……えっ、レオンハルト王子のお父さん？

レオンハルト王子って性格最悪だけど王子だよね？　王子のお父さんて……王様じゃん！

私はチラッと王様を見上げた。

その様子に気が付いた王様は、不思議そうに首を傾げる。

それからそおっとベイカーさんを見ると……やっちまったと頭を抱えていた。この様子だと、やっぱり王様決定だわ。

へへっ、やっちゃった！　こうなったら皆で逃亡生活かな……。王子ならまだしも……

まぁ王子でもまずいが、王様はもっと悪い。

まあ、でも皆で違う国に行ってみるのもいいかもな。ベイカーさんもセバスさんも一緒に行ってくれるって言ってたし！

現実逃避して、よその国での生活を想像し、逃亡する算段を立てる。

「父上なぜここに……」

レオンハルト王子が、顔を青くしながら王様に話しかけた。

「なぜって……王宮から息子がいなくなって、昔馴染《むかしなじ》みの友人から息子が迷惑をかけているると知らせがきたから、視察がてら迎えに来たんだよ」

昔馴染《むかしなじ》み？　アルフノーヴァさんのことかな？

首を捻《ひね》っていると、

「悪かったな、ディムロス」

王様は親しげにディムロスさんの肩を叩いた。

ディムロスさんは「いいんだ」と苦笑している。

「で、レオンハルト。俺になにか言うことはあるか？」

「くっ……」

レオンハルト王子は言い訳をしようとしたが、上手い言葉が浮かばなかったのか口を噤《つぐ》んだ。まるで泣きそうになるのを我慢している小さい子供のように見える。

私はなんだか可哀想になり、思わず近くに行き袖《そで》を引く。レオンハルト王子がこちらを向いたので、諭《さと》すようににっこり笑う。

「悪いことをしたと思ったら、謝るんだよ」

心配して駆けつけてくれる優しいお父さんなんだから……きっと息子の成長を信じ、今回の件も許してくれる。

「ね！」

もう一度促す。レオンハルト王子は心細げに私を見ていたが、やがて決心したのか顔を上げた。そして王様に向き合い、すっと頭を下げる。

「父上、師匠、ディムロス……迷惑をかけてすみませんでした」

三人は瞠目《どうもく》して王子を見下ろす。驚きすぎたのか、すぐに言葉が出てこないみたいだ。なにも言わない三人に、レオンハルト王子が不安げな表情をしている。しょうがないので、私は笑って王子の頭を撫《な》でてあげた。

「よくできました」

「ミヅキ……」

レオンハルト王子は私の顔をじっと見つめる。ほんの数分の間に、顔つきがぐんとよくなった。

子供の成長は本当に早いなぁ！

思わず感心していると、

「僕はまだお前に相応《ふさわ》しくないと分かった。だからとりあえず友達からだ！」

レオンハルト王子が手を差し出してきた。

言い方がまだまだ傲慢だけど……私は苦笑して手を握り返す。

「はい。よろしくおねがいします。レオンハルト様」

にっこりと笑い返すとレオンハルト王子の顔が赤く染まった。

「君には息子が世話になったようだな」

王様がレオンハルト王子と手を繋ぐ私に近づいてきた。

王様に緊張して、ピシッと背筋を伸ばすとクスクスと笑われる。

笑った顔が……カッコイイ……哀愁漂《ただよ》う大人の色気に思わず頬を染める。

「おい！　なんで父上の笑顔で顔を赤くするんだ！」

それを間近で見ていたレオンハルト王子に突っ込まれた。

いや、だって王様のほうが……お子様より断然好みだし……

照れていると、王様に可愛いなと頭を撫《な》でられる。

「いつでもレオンの嫁に来ていいぞ、なんなら娘にしてあげようか？」

とんでもないことを言われて、私は丁重に大声でお断りさせてもらった。

「けっこーです！　ほっといて下さい！」

六　成長

ようやく王族達から解放され、私は部屋の端でシルバに抱きついた。それからシルバの毛に顔を埋めて匂いを嗅《か》ぐ。

あー落ち着く……やはりこれではどっちが主人だか分かりゃしない。

まぁでも、王様を怒らせた訳でもなさそうで、とりあえず逃亡生活はしなくて済みそうだ。

できることなら、ずっとここにいたいもんね！

王様は、ディムロスさんやアルフノーヴァさん、セバスさんとなにやらまだお話があるらしく、大人同士でコソコソ話をしている。

細かい後処理は大人に任せよう。私は今は子供だしね。こっちの大人の事情はよく分かんないし……

私はシルバのお腹の上に頭を預けて、シンクを抱いて横になる。

緊張も解けてほっとすると、ウトウトしてきて眠ってしまった。

◆

静かになったと思ったら、ミヅキがシルバに寄りかかり寝てしまっていた。

「やっぱり疲れたんだな……寝ちまった」

ミヅキの寝顔を見て頬が緩む。寝ている顔は天使のように可愛かった。まぁ起きている時ももちろん可愛いが。他の面々も、寝顔を見に集まってきた。

「面白い子だな」

国王のギルバート王が覗き込み、

「あんなにはっきりと断られるとは思わなかった」

と、可笑しそうに笑っている。その顔は冗談なのか本気で言っているのか分からなかった。

「どこの子だ？」

ギルバート王が尋ねると、皆の視線がミヅキの保護者である俺に集まった。ミヅキとの出会いを思い出しながら、答える。

「森で拾いました。両親のことは覚えてないようです。なぜ森にいたかは、本人も分からないらしく……」

「そうか……」

それだけで王はなにかを察《さっ》したのだろう。痛ましげにミヅキの寝顔を見つめた。

小さい子が一人森にいる――それは親に捨てられたか、逃げてきたか、どちらにしても暗い背景があるのは明らかだ。

穏やかに寝ているミヅキを、皆、思い思いに見ている。

「そんな境遇で、あんなふうに他人を思いやれるのか……」

「わしらもまだまだだな、ギルバート、アルフノーヴァ！」

ギルマスがギルバート王とアルフノーヴァさんの肩を力強く組んだ。

「僕もいつかミヅキみたいになれるかな？」

レオンハルト王子がギルバート王に聞いた。王子もミヅキに感化されたらしい。

「なんだ？　女の子になりたいのか？」

ギルバート王が笑いながら茶化すように聞き返す。

「ち、違う！　いつか、僕も獣人達と信頼関係を築くことができるかなって思って……」

からかったつもりが真面目な言葉が返ってきて、ギルバート王は目を瞬《しばた》いた。しかし、真剣な顔をするレオンハルト王子を見て、ギルバート王は息子の成長を喜び、優しくその頭を撫《な》でる。

「周りの認識を変えるのは難しい。すぐに獣人達が正当に扱われることはないだろう」

父王の返答を聞いて、レオンハルト王子は口惜しげに下を向く。

「だが、これから何十年とかけて変えていこう。その責任が王族である私達にはあるのだ」

なっ！　と頼もしくなった息子の肩を叩くギルバート王。

「はい！」

レオンハルト王子は父親に頼られ嬉しそうに頷いた。

「まずはお前が態度で示していけ。いつもお前を守ってくれていた獣人達と共に。そのためには学ぶべきことが沢山あるぞ！」

ギルバート王はシリウスとユリウスを交互に見遣る。

レオンハルト王子は二人の前に立ち、

「ユリウス、シリウス、これからもよろしく頼む」

一人一人を見つめて、力強く言った。

ユリウス達はびっくりして王子を見つめる。レオンハルト王子が自分達の見分けがついていたことに驚いたようだ。

「レオンハルト様……私達の見分けがつくのですか？」

ユリウスが聞くと、

「小さい頃から一緒にいるんだ、それぐらい分かっていた。だが……見ようとしていなかったんだな。ミヅキに言われて気付かされたよ。すまなかった」

レオンハルト王子は恥ずかしそうに言った。

「王都に帰ったら忙しくなるぞ！　早く一人前になって、次こそミヅキに『はい』と言わせてみせる！」

そして、拳を振り上げ、奮起する。

「ミヅキが嫌がりそうだ……」

あれだけこっぴどく断られたにもかかわらず、まったく引くつもりのないレオンハルト王子に、俺は思わず呟いてしまったのだった。

◆

いつの間にか寝てしまっていたようだ。シルバとシンクの温もりに包まれながら目覚めると、幾分頭がスッキリした。

すでに王様とシリウスさん達はギルドを出ていた。

私を攫《さら》った奴隷商人達について説明を受けるようだ。

奴隷商人のお兄さんはデボットさんというらしい。

小さい頃に奴隷の身に落とされ、そのままずっと売れ残り、奴隷商人としてやっていくほか道がなかったそうだ。

これから国王達と一緒に王都に連行されて、他の貴族との繋がりを吐かせる予定らしい。

こちらで少し尋問したが、一切口を割らなかったようだ。

セバスさんの尋問にも顔色を変えずにいたらしいので、王都での尋問も難航するだろうと思われている。

「デボットさんともう一度お話しってできますか？」

私はディムロスさんとセバスさんに聞いた。二人は驚き、もう会う必要はないだろうと言う。

「あの時に見た、デボットさんの顔が忘れられなくて……」

意識を失う前、目にした最後の笑顔……デボットさんの本当の笑顔は、彼の中にあるんだろうか……。彼のこれまでの人生を思い、心が引き絞られるように痛んだ。

王都に連れていかれたらもう二度と会うことはないだろう。でもその前にどうしても、もう一度話をしてみたかった。

目を潤ませ二人を見上げると、渋い顔をしながらも了承してくれた。

「まったく……そんな顔をしよって」

「男は椅子に縛りつけ身動きできないようにしましょう。後は……二人きりは絶対駄目ですからね！」

セバスさんに強く釘を刺された。

「はい。ありがとうございます」

頭を下げてお礼を言う。そんな私の頭上でセバスさんがため息をついていた。

「――いいですか？」

セバスさんは扉の前に立つと、もう一度私に確認する。

セバスさんからすれば、やっぱりやめた！　とでも言ってほしいのだろうけど、ごめんなさい。やっぱり話したい。

私は決意を固めて頷く。すると、仕方なさそうにセバスさんが扉を開けた。

「また、尋問ですか？」

デボットさんが扉から入ってきたセバスさんに笑いながら声をかけた。

「いえ、もうあなたは王都のほうに連行することになりました。でもその前にあなたにどうしても会いたいと言う方がいるのでお連れしました」

「えー？　誰ですかね？　あっ！　もしかして今回依頼してきた奴らですか、それなら結構です。あんな奴らの顔は見たくもありませんから」

相変わらず、デボットさんは飄々《ひょうひょう》とした笑顔で話している。

「いえ……この子ですよ」

セバスさんは後ろにいた私を、体をズラして見せた。

デボットさんと目が合うと、彼の顔が固まった。

「は？」

なにしてんだあんた？　とでも言いそうな困惑した表情で、彼はセバスさんを見る。

しかし、セバスさんはなにも答えず、口を引き結ぶ。

デボットさんは再び笑顔を作り、軽い口調で話し出した。

「どうしたんだいお嬢ちゃん。来る場所間違えてないかい？」

「ううん、デボットさんにもう一度会いたくて、セバスさん達にお願いしました」

その言葉に嘘はない。私は真っ直ぐにデボットさんを見つめた。

デボットさんはしばらく黙っていたが、やがて合点《がてん》がいったとばかりに口を開いた。

「あー！　誘拐した僕に文句でも言いに来たのかな？　でも大丈夫、これからすんごい拷問《ごうもん》が待ってるみたいだから、お嬢ちゃんの気もきっと晴れるよ！」

他人事《ひとごと》のように言われて、悲しくなった。でも、私を一刻も早くこの場から帰らせようと言っている気がする。だって嘘の仮面を被っているから……

「そんなこと言いに来たんじゃないよ」

私は見ていられなくて、下を向いてしまう。

セバスさんがイラッとしたらしく殺気を飛ばすが、デボットさんは顔色を変えない。

「じゃあなんだい。捕まった憐《あわ》れな僕を見に来たの？　意外と趣味が悪いんだなぁ～」

カラカラッと笑いながら、皮肉げに唇を歪《ゆが》める。

下手な冗談に笑えず、私はじっとデボットさんを見つめた。

「どうだい？　満足できた？　こうしてガッチガチに縛られて、動くのはこの口だけだよ。ハハハ！」

デボットさんがどんなに軽口を叩いても、私はじっと彼を見つめ続ける。そして、耐えられずに声をかけた。

「デボットさん……無理して笑わなくってもいいんだよ」

「はっ？」

デボットさんは心底意味が分からないという顔で私を睨んだ。

「悲しい時は泣いていいんだよ」

「なに言ってるんだ。俺は泣きたい時なんてない」

デボットさんは笑うのをやめて声を低くした。怒っているようだった。

「ずっと奴隷にしばられないで」

そう言って私はデボットさんに近づいた。

セバスさんが止めようとするが、大丈夫と笑って、耳元まで近づく。そして、デボットさんにボソボソッと話しかけた。

「しっかりと罪を償《つぐな》ったら……会いに来てください。真っ当にお金を稼げる方法を一緒に考えましょう。ついでに美味《おい》しいご飯を作ってあげます。絶対に待ってますから……

ちゃんと反省してきてくださいね」

セバスさんには聞こえていないだろう……私とデボットさんだけの約束。

デボットさんは目を見開き、驚いた顔で私を見る。

きっとこれが彼の素の表情なのだろう。私はにっこりと笑いかけた。

それからデボットさんは、なに言ってるんだと可笑しそうに笑う。

笑いすぎて目に涙が溜まったが、手を縛られているので拭《ぬぐ》うこともできず、ずっと笑っている。けれど、その態度は、彼が一生懸命に自分の仮面を取り繕おうとしているように見えた。

私はそんなデボットさんの涙を優しく拭《ぬぐ》ってあげる。

「約束だよ」

デボットさんを見て、そっと呟く。

デボットさんの涙はピタッと止まった。なにを考えているのか全然動かない。どうしたのかと心配になり顔を覗き込むと、彼は弱々しく声を発した。

「なんだ……それ、命令か？」

「命令なんかじゃないよ」

「なら俺がそれを守る必要なんてないよな？」

「そうだね、でもデボットさんは守るよ」

なぜかそう感じる。私は自信満々に答えた。

私の言葉を聞いて、彼は食い入るようにこちらを見つめる。

「じゃあまたね！」

そう挨拶《あいさつ》をしてデボットさんと別れた。

彼はもの言いたげにしていたが、私はじゃあと手を上げて、セバスさんと部屋を後にした。

断るタイミングを見失い、デボットさんは唖然としたまま、一人部屋にポツンと残された。


「ミヅキさん、彼になにを言ったのですか？」

セバスさんが先程のやり取りについて聞いてきた。

「秘密です」

「そうですか……」

申し訳ないけれど、これは私とデボットさんの約束。いくらセバスさんと言えど、軽々しく伝える訳にはいかない。

私が伝えるつもりがないことを悟ったのか、セバスさんは無理に追及するような真似はしなかった。その代わり、心配そうにこちらを見つめてくる。

「デボットさんがちゃんと反省するように、約束を守ってくれるように、秘密なんです」

だから言えなくてごめんなさいと謝ると、セバスさんは優しい顔で笑って頷いてくれた。

それからセバスさんは、私をベイカーさんのところまで届けると、デボットさんのもとに戻っていった。

◆

お嬢ちゃんが部屋を出てしばらくすると、手足の縄を解きに、あの冷酷な副ギルドマスターが現れた。

なにも言わずに黙って縄を解いていく。全て解き終わると、ずいっと俺の顔を覗き込んで、

「先程……なにを言われたのですか？」

と、冷ややかな眼差しで聞いてきた。

「お嬢ちゃんに聞かなかったのか？」

てっきり俺との会話については、全て伝わっているものだと思っていた。思わず尋ね返す。

「聞きましたが、秘密だそうです。教えてはいただけませんでした」

副ギルドマスターは少し不機嫌そうにしている。

「あなたとの約束だから、守られるまで秘密にするそうですよ」

――こんな理不尽な約束があるだろうか。

勝手に約束させられ、勝手に守らされる。

しかし、今までされたどの命令よりも嬉しい……守りたいと思ってしまう。

「そうか……」

そう一言吐き出すと、奴隷の烙印《らくいん》を押されてから、ずっと胸の中で黒く重く渦巻いていたものが消え去った気がした。代わりに、温かくくすぐったいような、得も言われぬ感情が湧き起こる。

俺はその時、この顔に貼りついていた仮面を捨てた。

「どうしました？　ミヅキさんと話してなにか心境でも変わったんですか？」

副ギルドマスターが意地悪げな顔をして聞いてくる。まるでもう答えは分かっているとでも言うように。

俺はその質問には答えずに質問で返した。

「お嬢ちゃん……ミヅキはいつもあんなふうなのか？」

「あんなふうとは？」

この男……いい性格をしている。

俺の言いたいことが分かった上でとぼけてやがる。だがどうしても答えが知りたい俺は、素直に聞いた。

「自分の敵にさえもあんな……感じなのか？」

「どうでしょう？『敵』をどのように判断してるのか私も分かりかねます。ただ、あなたを敵だとは思ってないようですね」

副ギルドマスターは、ミヅキのことを思い出しているのか、ふっと口元に柔らかい微笑を浮かべた。だが、すぐにその微笑みを消し去り、氷のような冷たい目でこちらを睨みつける。

「ですが、私はあなたを敵だと思ってますがね……ミヅキさんをあのような目に遭わせたあなたを許しません」

「はは、まぁ普通そうだよな……そうか……敵だと思われてなかったのか」

俺は複雑な思いで苦笑した。嬉しいような、情けないような。

心から笑った俺を見て、副ギルドマスターが驚いた顔をして凝視《ぎょうし》する。

「あなたはそんなふうに笑うんですね」

「俺はいつも笑っていたはずだが」

笑顔の仮面とそんなにも違うものなのか……？

「そうですか……」

彼はそれ以上、なにも言わなかった。

「では、これからあなたを王都に連行します。あちらでどう対応するか知りませんが……ミヅキさんをこれ以上悲しませることは許しませんよ」

にっこり笑いかけられる。

「あんたのその顔、すっげぇ怖いな」

背筋が凍るような笑顔に、恐怖を覚えると共に、なんだか可笑しくなる。きっとこの顔で何人もの犯罪者を尋問してきたのだろう。

「そうですか？　でもミヅキさんはこの顔を見ても、私を好きだと言ってくれましたよ」

と、勝ち誇ったようにニヤッと笑われた。

驚いたが、ミヅキなら……なんとなく想像できるな……

俺は苦笑する。そして、目の裏に焼き付いたミヅキの笑顔に、そっと微笑んだ。

七　別れ、そしてこれから

私の誘拐騒動から数日後、ギルバート王とレオンハルト王子は王都に帰ることになった。

レオンハルト王子から絶対に見送りに来いと言われたので、「シリウスさん達にお別れを言いたいから行きます」と答えると、目に見えて肩を落とした。

あからさまに落ち込む王子がなんだか可笑しくて、小さく笑いかける。

「ふふふ、レオンハルト様にもちゃんと挨拶《あいさつ》に行きますよ」

私の言葉を聞くと、彼はパッと顔を輝《かがや》かせて喜んでいた。その様子は普通の男の子のように見えた。

見送りの日、豪華な馬車の前でディムロスさんとセバスさんがギルバート王に挨拶《あいさつ》をしていた。

その少し後ろに、レオンハルト王子を守るようにユリウスさんとシリウスさんが立っている。更にその周りにはどこにいたのか、鎧《よろい》を着込んだ兵士が囲むように整列していた。

そして、王様と王子を見ようと町中の人達が集まっている。

私はシルバに乗りながら、人混みに紛《まぎ》れて、その様子を少し遠くから見ていた。

「ベイカーさん、あそこに行くのやだな……」

凄い人集《ひとだか》りに、私はボソッと呟いた。

「そうだな……」

ベイカーさんも気が進まないのか、立ち止まって憂鬱《ゆううつ》そうにしている。

なんかあそこに行ったら、とてつもなく面倒くさいことになりそうな気がする……

「帰ろっか？」

「そうするか！」

期待を込めてベイカーさんを見た。

すかさず私の意見に賛同して、ベイカーさんが顔を輝《かがや》かせてニカッと笑う。

そうしよう！　人がいっぱいで行けなかったってことにしよう！

ユリウスさんやシリウスさんに挨拶《あいさつ》できないのはちょっと寂《さび》しいけど……きっとまた

会えるよね！

私はシルバに頼み、くるっとUターンしてもらった。

「――なんで帰ろうとしてるんだ！」

その時、レオンハルト王子の声が聞こえた。

「やばっ！　見つかった」

私はシルバに頼んで軽く走ってもらう。

おそらくシリウスさんあたりが私の匂いを嗅《か》ぎ取って、レオンハルト王子に教えてしまったのだろう。獣人の身体能力を舐《な》めていた。

「シリウス！　捕まえてこい」

「はい」

シリウスさんに命令するレオンハルト王子の声が微《かす》かに聞こえた。

しかし人が多くて、大きな体のシルバはなかなか思うように前に進めない。あっさりとシリウスさんに追いつかれてしまった。

「ミヅキ、なんで帰ろうとするんだ」

シリウスさんが耳を垂らして寂《さび》しそうに聞いてくる。その顔は反則だ。

「な、なんか人がいっぱいいたから……迷惑かなって……」

ははっ！　と笑って誤魔化《ごまか》すが、シリウスさんには通用しない。

「ミヅキに限って、俺達もレオンハルト様も迷惑なんてことはない」

澄んだ瞳で言われてしまう。

うっ！　罪悪感が……

シリウスさんの素直な言葉に思わず胸を押さえる。

「どうした！　大丈夫か？」

そんな私を見て、シリウスさんが心配そうに近づく。

「うん。大丈夫です……シリウスさんの気持ちが嬉しくて申し訳なくなっちゃった」

はは、とから笑いをする。私はシルバから下りて、シリウスさんの顔を見上げた。

「シリウスさん、これからも悲しいことや悔しいことがあると思うけど……」

私はなんて続けて言えばいいのか分からず、言葉を詰まらせる。

シリウスさんは私の言いたいことを汲《く》み取ってくれたのか、すっと目を細めた。

「大丈夫だ。ミヅキ、レオンハルト様はミヅキのおかげで変わった。もちろん俺達もだ。だから大丈夫。俺達はここからまた新しく始めていくことにしたんだ。そう思えたのも、変われたのも、全部ミヅキのおかげだ……ありがとう」

そう言って素敵な笑顔を見せてくれる。

「そっか……シリウスさん達が笑えるんならよかった」

「本当にミヅキには感謝している。俺達にできることがあるならなんでも言ってくれ。お前のためならいつでも駆けつける」

えっ！　凄く素敵な台詞《せりふ》に気持ちが高揚する！

「な、なんでも……？」

私の反応にシリウスさんが「なにかあるのか？」と首を傾げる。手招きをすると彼が屈《かが》んでくれたので、その耳に近づきこっそりと耳打ちする。

「シリウスさんのその可愛いお耳と尻尾が触りたいです」

正直に話すと、シリウスさんはびっくりした様子で目を丸くした。しかし、すぐにニコッと笑い、どうぞと頭を下げてくれた。

「本当にいいの？」

私は嬉しくて、声を弾ませながら尋ねる。

「ああ。ミヅキに触られて嫌なことなどない」

あれ？　どこかで聞いた台詞《せりふ》……まぁいいや！　えへへー、失礼します。

シリウスさんの耳に優しく触れる。

初めてシリウスさんに触れた時より、数倍気持ちよく感じる。温かくふわふわしていた。

シリウスさんは腰に巻いていた尻尾をくねらせ、私の頬を撫《な》でた。

柔らかい毛先がくすぐったい。

しっかりと堪能《たんのう》すると、ありがとうの気持ちを込めて、最後にギューッと首元に抱きついた。

「なにしてるんだー！」

その時、周囲に怒鳴り声が轟《とどろ》いた。ハッとして見ると、レオンハルト様がユリウスさんとこちらに駆けてきている。

「やばっ！　シリウスさんまたね！　元気でね！　ユリウスさんにも、ついでにレオンハルト様にもまたねって言っといてね！」

そう言って私はシルバに急いで駆け寄る。

「会っていかれないのか？」

シリウスさんが不思議そうに聞くが、私達はもうシルバに乗って駆け出していた。

「なんか面倒そうだからー」

大きく手を振って、シルバにしっかりと掴まる。そんな私の背中に向かって、レオンハルト王子が吠えた。

「ミヅキー！　シリウスだけに挨拶《あいさつ》しやがって！　王都に来た時は許さないぞー！」

「王都になんかそうそう行かないから大丈夫です！　私のことはほっといて下さい！　レオンハルト様はシリウスさん達を連れてきてくれるなら、たまに遊びに来てもいいですよ！」

そう言って、三人に手を振った。

レオンハルト様が更に追いかけてこようとするが、ユリウスさんとシリウスさんに止められている。なんだかお兄ちゃん達が手のかかる弟を宥《なだ》めているように見えて笑ってしまった。

「離せ！　僕はついでか！　ミヅキにもう一度ちゃんと話をしてくる！」

「レオンハルト様、無理です。諦めてください」

「くそ！　僕は絶対に諦めないからなーっ！」

なんか揉《も》めている。レオンハルト様を見ると、背筋が寒くなるわ……

ブルッと震えて彼らを振り返ると、その奥に連行されていくデボットさんが目に入った。

デボットさんはこちらを見ていた……その顔は笑顔の仮面が外《はず》れて、穏やかだ。

不意に胸が幸福感でいっぱいになり、自然と笑みがこぼれ落ちる。

「またねー！　約束だよ！」

皆に聞こえるように大声で叫んだ！

レオンハルト様達が「ああ！」と嬉しそうに手を振っている。

それに手を振り返し、デボットさんを見つめる。

デボットさんは私の視線に気が付き、苦笑すると、縄で繋がれている両腕を軽く上げた。なんだか「分かったよ」と言われた気がした。

嬉しくて、ぶんぶんぶんと大きく腕を振る！

「待ってるからねー！」

皆が見えなくなるまで、私は手を振り続けた。

ギルバート王とレオンハルト王子が王都に帰った後、ようやく町は落ち着きを取り戻した。

私はまず、セバスさんに回復魔法を使って無理しすぎたことをこっぴどく叱《しか》られて、反省文を書かされた。

異世界に来てまで反省文を書くことになろうとは……

魔力を使う者として、自分の魔力の管理はとっても大切だと教えられる。

そして、その後に凄く心配したと悲しい顔をさせてしまった。

叱《しか》られたことも怖かったが、悲しい顔をさせたほうが胸に痛かった。

ごめんなさいと心から謝ると、セバスさんは「分かってくれて嬉しいです」と言って、頭を撫《な》でてくれる。

「もうしないでくださいね」と念を押されて、私は即答できず一拍置いて「はい」と答えてしまい、また怒られた……

だって……また同じ状況になったら、同じことをしてしまう気がする。

自分から傷つこうとは思わないけど……大切な人が傷ついているのになにもしないなんて、できそうにない！

そのためにもう少し、魔力を上げておこうかなと思うあたり、やはり反省していないのかもしれない。

加えて、屋敷を壊したことも怒られた。

あれは私じゃない！　と思ったが、従魔のシルバがしたことは主人である私のせいなので……うぅ……泣きながら二枚目の反省文を書く。

恨めしそうにシルバを見ると、心配をかけた私が悪いと逆に怒られてしまった。

はい。すみません……

しかし、屋敷の持ち主は私を買おうとしてた貴族らしく……今頃王都で捕まっているだろう。

なので修理費は必要ないと言われたが、頑張ってちまちま返していこうと思う。だって本来なら、国が没収する財産になるはずだったらしいし……私達のせいでそれがなくなるのは嫌だった。

私を罠にはめたお姉さんも、ギルドの皆のおかげで見つけることができたそうだ。だけど、私は別になにもされてないから罪を軽くしてあげてほしいと頼んだ。

しかし、お姉さんのほうからちゃんと罪を償《つぐな》いたいと言ってきたらしい。お姉さんはデボットさんに借金があり、無理やり言うことを聞かされていたとか……

そのデボットさんの証言もあって、そんなに重い罪にはならないそうなのでよかった。

デボットさんはというと、王都に着いてから人が変わったように、素直に罪を認めているそうだ。今まで犯した罪を全て供述《きょうじゅつ》している。

それには多くの貴族が関わっているそうで、王都は大変な騒ぎになってしまったらしい。

デボットさんの供述《きょうじゅつ》のおかげで、犯罪者が沢山捕まったこともあり、彼への罪は少し軽くなるかもしれないが、それでも依然、奴隷落ちは免《まぬか》れないらしい……重労働現場や危険地帯に配置されてしまうのは避けられないのだという。

それを聞き、私は頭を下げて力なく「そうですか……」と答えると、セバスさんに耳打ちされる。

「秘密のために必ず罪を償《つぐな》い、生きて帰るそうですよ」

私がばっと顔を上げると、セバスさんは笑っている。

「そう伝えてほしいと言ったそうですよ。だからミヅキさんが悲しむ必要はありません」

私は自然と顔が綻《ほころ》んでいくのを感じた。デボットさんは人生を諦めてない、そのことが嬉しかった。

彼と再会した時のためにもやっぱり魔力を上げておこう！　美味《おい》しいご飯も沢山練習しておこう！

私はいつデボットさんが来てもいいように、自分も約束を守らないといけないと心の中で誓った。

そして、遅くなったが、ベイカーさんには今回心配をかけたお詫《わ》びと初めての依頼の報酬《ほうしゅう》で、ドラゴン亭のハンバーグスペシャルをご馳走《ちそう》することにした。

リリアンさんやルンバさんは、お金なんて要らないと言ってくれたが、私がベイカーさんに奢《おご》りたいことを説明すると快く了承してくれた。

しかし、お金が少し足りなかったので、自分も手伝うことと、新しいメニューを教えることで代わりとしてもらった。

今度また依頼受けたら、ちゃんと払いますので……


「――で？　今回はどんなレシピだ？」

ルンバさんが興味深げに聞いてくる。

「基本一緒です。ハンバーグのたねの中にチーズを入れる以外は……」

ニコッと笑って答えると、ルンバさんが目を輝《かがや》かせる。

「それは!!　単純だが美味《うま》そうだ！」

「ハンバーグの上に載せてもいいんですが、中からトロッとチーズが出てくるのがすっごくワクワクして美味《おい》しいんです！」

興奮気味に言ってルンバさんを見ると、彼はすでにハンバーグのたねを捏《こ》ねていた……仕事早いね……

二人でチーズの量や焼き加減などを調節して、試食を繰り返す。

トマトソースを作ってサッパリ目に仕上げて、準備万端！

後はルンバさん達に任せて、自宅までベイカーさんを呼びに行った。

「ベイカーさん！　ドラゴン亭にご飯食べに行こー！」

ただいまも言わずに扉を開け、開口一番にそう言うと、どんだけ腹が減ってんだと苦笑された。

シルバ達も一緒にいつものドラゴン亭の裏に回る。

「私が言ってくる！」

店に入って、注文をしに行くふりをする。そして、店内から料理が載ったお皿を一枚ずつ運んできた。

まずはベイカーさんの前に置き、シルバ、シンクと順々に置く。

シンクのは少し小さめに作ってもらった。

「ミヅキの分はどうしたんだ？」

ベイカーさんが聞いてくるので、コホンと咳払いをして三人を見る。

「ベイカーさん、私を拾ってくれてから今日まで本当にお世話になりました。少しだけど初めての報酬《ほうしゅう》でご飯をご馳走《ちそう》させてください！　そしてシルバ、シンク。いつも私を守ってくれてありがとう。私が考えたチーズ入りハンバーグだよ！　いっぱいはないけど……食べてくれる？」

「【ミヅキ……】」

三人の驚いた顔に笑みがこぼれる。

へへっ！　サプライズ成功かな！

「ミヅキ……お世話になりました……って、出ていく訳じゃないよな？」

ベイカーさんが不安そうな顔で聞いてくる。

「もちろんだよ！　もう少しお世話になります！」

「もう少しじゃなくて、いつまでもいていいんだからな」

「うん！」

ベイカーさんは私の返事にホッとすると、「いただきます」と言って食べ始めた。

ベイカーさんは今まで食べた料理の中で一番美味《おい》しいと喜んでくれた。本当に大袈裟《おおげさ》なんだから。

シルバとシンクも【美味《おい》しい、美味《おい》しい】と言いながら、あっという間に平らげてしまった。シルバの大きい体には少し物足りなかったかな？

とはいえ、三人の嬉しそうな顔に大満足な私なのだった。

◆

その夜……

ミヅキが寝静まったのを確認すると、俺はシルバ、シンク、コジロー（通訳）を部屋に集めた。

「なんて羨ましい……」

コジローは、俺達がサプライズ料理をご馳走《ちそう》になった話を聞いて心底羨ましそうにする。

「ああ……俺は本当に涙が出かかったが、泣くとミヅキが心配するからな、グッと我慢した！」

今思い出しても目頭が熱くなり、そっと手で押さえる。

【俺もミヅキがベイカーのためになにかしてるのは知っていたが……まさか俺達にまで用意してくれていたなんて】

【本当に嬉しかったね】

シルバが勢いよく尻尾を振り回し、シンクはパタパタと嬉しそうに飛び回っている。

「ミヅキ、俺が適当に言った約束、覚えていたんだな……」

以前、俺がミヅキの身の回りのものを用意してやった時に、何気なく言った言葉をちゃんと覚えていてくれたことも嬉しかった。

「ミヅキらしいですね」

コジローが微笑んで頷く。

「俺……もう嫁は貰えんかもしれん」

真剣な顔で言うと、コジローがとんでもないことを言い出した。

「そうですね、いつかミヅキがお嫁に行くまでは無理かもしれませんね」

その瞬間、空気が冷たくなる……コジローがしまったと顔を顰《しか》めるがもう遅い。

先程の穏やかで柔らかい雰囲気が一変して、冷たい怒気が辺りを漂《ただよ》う。

「【そんなことは絶対に許さん】」

三人の殺気に、町中の人達がその夜、不気味な寒気を感じた。

いち早く気付いたギルマスとセバスさんが家を訪れ、何事かと怒られるが、理由を聞いてこちらも軽く殺気を放つ。

ミヅキの隣に立つ男は、どんな奴なら許されるかと六人でいつまでも話し合う。

しかし、そんな奴はなかなかいないだろう。なぜなら俺達六人を倒せる奴ならという結論にいたったからだ。

まぁ国中を探してもそんな奴は数えるほどしかいない。その後に控える、セバスさんの百の質問に正しく答えた者だけがミヅキの隣にいることを許される。

こんなことを言ったら「ほっといて！」とミヅキに怒られるのは間違いないので、この件は俺達六人だけの秘密となった。

八　王都へ

この異世界に来て、早数ヶ月が経った。

ギルドの依頼もほぼ毎日、最低でも一個は受けるようにしていたので、お金も少しずつ貯まった。初めはベイカーさんに返すようにしていたが、最近は全然受け取ってくれず、自分のために貯めるように言われていた。

今日は、ギルドに行く前にドラゴン亭に用がある。

「ベイカーさん、シルバ達とドラゴン亭に行ってくるね」

私が声をかけると、ベイカーさんが手を上げて答える。

「気をつけてな」

最近やっとついてこなくなってきていたベイカーさん。

あまりに過保護が過ぎるので、ほっといてほしいと怒った私が家出しそうになり、行き先を必ず報告することと、誰と行くかを言うことで、一人で行く許可を貰っていた。

【シルバ、シンク行こ！】

二人に声をかけて、「いってきまーす！」と家を出る。

今日は、リリアンさんから話があるから来てくれと言われていたのだ。

最近、背も髪も少し伸びてきた。黒髪を揺らしながら意気揚々と歩いていく。

急ぐ時以外は、シルバに乗らずに自分で歩くようにしていた。

【リリアンさん、なんの用かなぁ？】

シンクを肩に乗せて、シルバと並んで歩きながら話しかける。

【また、なんか料理を教えてほしいんじゃないか？】

【最近、王都からの客が多いって言ってたもんね】

シルバが言うと、シンクも同意する。

いつものように歩いていると、よくギルドで話しかけてくれる冒険者のお姉さんが前を歩いていた。

「ベネットさん！　こんにちは～」

「ミヅキちゃん！　こんにちは、今日もギルドに行くの？」

ベネットさんが振り返り、私だと気が付き近づいてきてくれた。機嫌がいいようで、ニコニコと笑顔で話しかけられる。

「今日はドラゴン亭に行くの！　その後に時間があればギルドにも行きます」

「そっか、無理しないようにね。なにかあったらいつでも声かけてね」

ベネットさんが心配そうに頭を撫《な》でてくれる。

「はい。その時はお願いします」

笑いかけると、じゃあねと手を振り、ベネットさんはギルドに向かった。

【はぁ……ベネットさんカッコイイなぁ！　あのスラッとした筋肉……羨ましい】

私はベネットさんの服の間から見える割れた腹筋を思いながら、ぽぉっとする。

【ミヅキはぷにぷにでいい】

しかし、シルバがそんなものは要らんと否定する。

【そうだよ！　ミヅキはそのままでいいの】

シンクにも言われて、自分の体を眺める。

ぺったんこの胸にちょっとポコッと出たお腹、短い手足……

どう考えても絶対、ベネットさんのほうがいい！　私は強く思った。

ドラゴン亭に着くと裏に回る。シルバ達に外で待っていてもらい、トントントンと扉を叩いてお店に入った。

「ミヅキちゃーん！　お願いっ、私達の娘になって！」

店に入るなり、リリアンさんが私の目の前で手を合わせて、頭を下げる。

目の前に両腕に挟まれた大きなお胸が迫る……思わずゴクッと唾《つば》を呑み込んだ。

「ん？　娘？」

胸に気を取られすぎて、お願い事が遅れて頭に入ってきた。

「おい！　ちゃんと説明しないとミヅキが困ってるだろ」

ルンバさんがリリアンさんに注意した。

「ああ！　ごめんなさいね、実は王都から呼び出しを受けてて……」

リリアンさんが困った顔をする。どうやら、ハンバーグが王都で人気になり、他のお店でも真似をしてハンバーグを出しているらしい。

「作り方簡単ですからね」

「そうなの、だから他のお店でもいろいろアレンジして出してるそうよ！」

私が苦笑すると、リリアンさんが興奮して答える。

今、王都は空前のハンバーグブームらしい。

「それで、ドラゴン亭になにか迷惑が？」

私が窺《うかが》うように聞くと、リリアンさんが首を横に振る。

「一応うちが一番にハンバーグを出したでしょ。それで今度、王都に来て、期間限定でいいからお店を出してくれって……」

リリアンさんが頬に手を当ててため息をついた。

「ずっと交渉に来ていた人がどうしてもって……あんまり通ってくれるから、断りづらくて」

私はコクコクと頷いて、先を促した。

「それで、できることなら他の店にはない違うメニューも考えてほしいって……無理だって何回も断ったんだけど。あの人もお偉いさんからせっつかれてるらしくて、泣きつかれて……」

「俺からも頼む。あの人、日に日に（頭が）薄くなっていくから……気が気じゃなくてな」

珍しくルンバさんも頼み込む。

「メニューを考えるのはいいですよ。だけど、娘ってなんでですか？」

「ミヅキちゃん、ありがとう～！　それでね、向こうでお店を開く時にミヅキちゃんも手伝いに来てほしいなぁ～って。その際に家族なら王都での費用もかなり負担してくれるらしいから、娘ってことしとけば、ミヅキちゃんもタダで泊まれるのよ！」

お願いとリリアンさんが可愛く手を合わせてウインクする。

王都か……会いたい人もいるけど……会いたくない人もいるなぁ。

「ベイカーさんに聞いてみないと……」

了承してくれるかなぁ。最近やっと一人歩きの許可を得たばかりなのに、王都なんて……

私が考え込んでいると、リリアンさんがいつも隣にいるベイカーさんがいないことに気が付いた。キョロキョロと周囲を見回しながら尋ねてくる。

「そういえば、今日は一緒に来てないの？」

「うん。最近やっとほっといてくれるようになりました！」

「ベイカーさん、心配性だからね」

リリアンさんが苦笑する。

それから、ベイカーさんに相談して、レシピも一緒に考えてみてと言われた。ひとまず返事は保留にして、私はドラゴン亭を後にした。


【――てことなんだけど、シルバとシンクはどう思う？】

外に出て、早速店先で待っていたシルバ達に相談する。

【ミヅキの好きにすればいい。俺達はずっとミヅキについていくだけだ】

シルバの意見はいつもぶれない。

【でも……シンクは大丈夫？　ここを離れるのはよくないんじゃ……】

鳳凰《ほうおう》は土地を守る存在だと、アルフノーヴァさんが言っていたから、心配になる。

【別にここを守護しようと決めてないよ】

【えっ？　そうなの？】

なんか軽く言われてしまう。

初めて聞く事実に驚いていると、可愛く首を傾げながらシンクが続ける。

【ミヅキがここにいるからいるだけだよ。それになんだか僕……守りたいものがミヅキだけなんだよね……まだ他の土地を見ていないからかな？　そういう気持ちにならないの】

うちの子達って、私のこと以外適当な気がするなぁ……気のせいかな？

【だから他の土地に行くのは全然大丈夫だよ】

そう言われて、そっかーと軽く返しておいた。とりあえずシルバもシンクも問題ないということで！

後は、一番の問題のベイカーさんだな……

一度家に帰ってみるが、ベイカーさんがいない。

ギルドじゃないかとシルバが言うので、今度はギルドに向かった。

ギルドに着くと、案の定ベイカーさんを見つけた！　なにやら他の冒険者と話をしている。

「ベイカーさ〜ん」

ベイカーさんを呼びながら近づき、彼と話をしていた冒険者の男の人に挨拶《あいさつ》をする。

「ヤダルさん、こんにちは」

「ミヅキちゃん、こんにちは！　ベイカーさんに用事かい？」

ヤダルさんが私に気付き、その場から去ろうとした。私は話が終わってからでいいと言ったけれど、もう依頼に行くから大丈夫だとベイカーさんを差し出される。

「ヤダルさん、ありがとうございます。依頼頑張ってくださいね」

申し訳なく思いながらお礼を言って、手を振った。

「おう！　今日は頑張れそうだ！」

ヤダルさんはなぜか急にやる気を出して、元気に出ていった。

「で？　どうしたんだ？」

ベイカーさんに聞かれて、リリアンさんから言われたことを話す。

「王都か……」

ベイカーさんがうーんと渋い顔で考えて、

「あいつに会うかもしれないぞ」

と、聞いてくる。あいつとは、まぁきっとどこぞの王子のことだろう。

「うん……でもシリウスさんとユリウスさんには会いたいなぁ……」

私も悩む。ベイカーさんはそんな私の頭をポンッと軽く撫《な》でた。

「まぁミヅキ次第だな！　俺は行っても構わないぞ！」

「えっ？　ベイカーさんも行くの？」

あっさりと了承したと思ったら、自分も行く気満々だった……

きょとんと目を瞬《しばた》かせる私を見て、彼は眉を顰《ひそ》める。

「当たり前だろ！　俺はお前の保護者だぞ！　ミヅキとそんなずっと離れてられるか！」

ベイカーさんは私が行くなら絶対ついていくと力強く言う。多分これを了承しなければ、行くのは禁止なんだろうな……まぁでも……

「ベイカーさんも来てくれるなら……嬉しいなぁ」

つい本音が漏れた。

シルバとシンクがいるとはいえ、やはりベイカーさんがいてくれたら心強い。

ホッとして喜んでいると、なぜかベイカーさんの様子がおかしくなった。

「ちょっと外に出るな……行くのは構わないから……ミヅキがちゃんと考えて決めろ」

そう言って、ふらふらと外に出ていってしまった。
【ベイカーさん、どうしたんだろ？】
首を傾げながら、シルバとシンクを見る。
【さあな】
シルバはフンッと面白くなさそうに鼻を鳴らして、
【依頼じゃないのー】
シンクが素っ気なく言う。
そっかー、だから急いでたんだ。
私は納得して、一人頷くのだった。

◆

俺は地に足が着いていないような、ふわふわする感覚の中、町の外に出た。

先程のミヅキの言葉と顔を思い出す。

ベイカーさんが来てくれるなら、嬉しいなぁ……と、恥ずかしそうにしながらも、嬉しそうに笑っていた。

最近のミヅキは少し大きくなってきたこともあり、随分《ずいぶん》しっかりしてきた。

元々言動は大人っぽかったが、それでも見た目が幼いのと、いろいろやらかすから目が離せずにいた。

しかし、構いすぎると鬱陶《うっとう》しがられるぞと周りから散々言われていたので、最近はグッと我慢してついて歩く回数を減らしている。

今日もドラゴン亭とギルドに行くと言うので、先回りしてギルドに来ていた。

それが、王都についていくと言ったら……あの嬉しそうな顔！

俺は湧き上がる歓喜を抑えて、誰もいないところまで全速力で走る。

「うおおぉぉーーーー！」

雄叫びをあげながら、森の中を駆け抜けた！

町から大分離れると、

「やったー！　まだミヅキに必要とされてる！　やっぱり側にいて構わないんだー！」

俺は崖《がけ》の上から叫んだ。

依頼で町の外に出ていた冒険者達が、たまたま雄叫びをあげるベイカーを見ていた……

「あれ……絶対勘違いしてるよな。ミヅキちゃん大丈夫かな？」

しかし、今ベイカーに近づいて話す勇気はない。

まぁ、いつか気が付くだろうと冒険者は見なかったことにした。

◆

無事ベイカーさんからの了承も得られたので、私は王都に行くのを前向きに考えていることを伝えるためにドラゴン亭を訪れていた。

「リリアンさん、こんにちは～」

「はーい。あっ、ミヅキちゃん。ベイカーさんには会えたの？」

「はい。ベイカーさんも一緒についてきてくれるらしいので、王都に行ってみようかなって」

私が伝えると、リリアンさんが喜んでくれた。

王都に行くにあたって、気になったことをいろいろ聞いてみる。

「どのくらいの期間行くんですか？」

「移動も含めて、一ヶ月くらいを予定してるの。お店と宿はあちらで用意してくれるそうよ」

なるほど。本当に歓迎されているみたいだ。

「いつ頃行くんですか？」

「早ければ早いほどいいって言われてるけど、急がなくていいわよ。ミヅキちゃんもいろいろと用意するものがあるでしょ？」

「うーん、なにを持っていけばいいかな？」

「ミヅキちゃんは身の回りのものだけでいいわよ。食材は王都で買うし、調理道具なんかはこっちからも少し持っていくけど、向こうでも用意してくれるから」

「王都までどのくらいかかるんですか？」

「馬車に乗って三、四日ってとこかしら。途中でポルクスの村にも寄る予定よ」

リリアンさんの言葉に、近くにいた料理人のポルクスさんを見る。

「ポルクスさんの牛乳！」

「そうよ。ちょうどいいから調達していこうと思って。ハンバーグを作るのに必要でしょ」

リリアンさんがウインクする。

牛乳が買えるのか！　よし沢山買ってアレを作ろう！

王都に行くのが俄然《がぜん》楽しみになってきた。

準備期間を貰い、一週間後に出発することになった。私は牛乳を沢山買いたいので、お金を貯めるために、残りの日数は依頼に行くことにした。

次の日、ギルドのお仕事の許可を貰うべく、ベイカーさんの足元に近寄る。

「ベイカーさん、魔物の食材調達の依頼を受けてもいいですか？」

「急にどうしたんだ？」

「王都に行く前に、もう少しお金を貯めておきたくて……」

ベイカーさんからはヤク草採取の依頼など、危険のないものを受けるように言われて、今までそれをきちんと守っていた。

突然、これまでより難易度の高い仕事をしたいと言い始めた私を、ベイカーさんが心配そうに見つめる。理由を言うと、足りないならお金は出してやると言われてしまった。

……まったくベイカーさんは分かってない。

私はベイカーさんに向かって、キッと眦《まなじり》を吊り上げる。

「ベイカーさん、駄目だよ甘やかしちゃ！　私だって魔法が使えるし、シルバもシンクもいるんだよ」

「しかし……」

ベイカーさんが渋い顔をして、悩むように腕を組む。

「じゃあ、他の冒険者と組んで行ってもいいですか？」

そう提案すると、それならいいとやっと了承してくれた。

その代わり、組む人はベイカーさんが決めるとのこと……まぁ誰とでもいいから、大丈夫かな？

早速これからギルドに向かい、私と組むパーティを見つけてくれるという。

私は用があるので、ひとまず家を出てベイカーさんとは途中で別れた。


【どこに行くんだ？】

町中を歩きながら、シルバが不思議そうな顔で聞いてくる。

【服屋さんにちょっとねー】

私は鼻歌を歌いながら答えた。

前にベイカーさんと来た服屋に着き、服の壁を抜け、お姉さんを見つける。

「こんにちは～」

「あら～ミヅキちゃん、いらっしゃ～い」

色っぽい声の返事がくる。

「お洋服を見に来たの？」

「いえ、実は作ってほしいものがあって……」

新しい服を探しに来たと思っているお姉さんに、私は髪飾りとエプロンを注文した。

やはり食堂を手伝うならエプロンは必需品だよね！

「こーゆー形にしてほしいんですけど……できますか？」

続いて事前に描いてきた髪飾りの絵を見せる。

「コレでいいの？」

絵を確認したお姉さんにびっくりされるが、私は笑って頷く。後はカツラを見せてほしいと頼んだ。

すると、色んな色のカツラを持ってきてくれたので、シンクに似た赤い色を選んだ。

エプロンは白で、腰にカツラと同じ色のベルトをつけてもらうように依頼した。

「多分、明日には出来上がると思うわ～」

流石《さすが》、仕事が早い！

明日また来ますと約束して、私は店を出た。

【ミヅキ！　あのカツラ被るの？】

シンクが嬉しそうに確認してくる。

【うん。王都で使おうと思って！】

【楽しみだなぁ〜】

私が自分と同じ色の髪の毛になることが嬉しいようで、シンクはパタパタと頭の上を飛んでいた。

◆

俺はミヅキと別れると、ギルドに行き、依頼書を真剣に確認する。

俺のただならぬ様子に気が付いた冒険者達が声をかけてきた。

「ベイカーさん、またミヅキちゃんの依頼書確認してるんすか？」

以前からミヅキが受けても危なくなさそうな依頼を事前に確認して、見えやすい位置に貼り変えていたのを、ここの冒険者達は知っているのだ。また過保護を発動しているのかと苦笑している。

「いや、ミヅキがパーティを組んで、魔物肉の採取の依頼を受けたいらしくて……」

「えっ！　ミヅキちゃんパーティ組むんですか？」

冒険者が大きな声で驚くと、他の冒険者達も何事かとゾロゾロと集まってくる。

「ミヅキが一緒に行けるように、あまり高くないランクのパーティと組ませてもらおうと思ってな」

本当は反対だが仕方ない。高ランクのパーティは基本的に難易度の高い依頼を受けるので、ミヅキがついていけず、怪我をしてしまうかもしれない。

「ミヅキちゃんは今一番下のランクだからEランクだろ。じゃCかDランクだな！」

誰かが大声で確認すると……

「よっしゃーーっ‼」

急に歓喜の声があがる。

「嘘だろー、俺この間Bランクになっちまったー！」

中にはランクが上がったことを嘆く奴までいる。

「ベイカーさん！　私達明日、ちょうど、魔物採取の依頼を受けます！」

すると、そこにベネット達のパーティが他の冒険者を押しのけるように声をかけてきた。

「狡《ずる》いぞ！　俺達も受けますよ！　なんなら違うのに変えてもいいっす！」

ヤダル達も競うように声を張る。

他のパーティの奴らも、俺達も私達もと次々に詰め寄ってきた。

「お、おい！　待て！」

壁際にまで追いやられ、冒険者達を押し返そうとするが、目がギラついていてなんか怖い……

引く気はないらしいので、結局一組ずつ面接することになってしまった。

騒ぎを聞きつけたセバスさんも説明を受けて、それならと一緒に面接することになり、ギルドの一部屋を借りる。

「じゃ、一組ずつ入ってくれ」

俺は部屋の外に並ぶ冒険者達に声をかける。まず男四人組のパーティが入ってきた。

「「「「失礼します」」」」

返事はまぁよし。少し若いが身なりもそんなに不潔ではない……

俺は細かくチェックを入れる。

「俺達が受けようと思っている依頼はコレです」

リーダーの男が俺達の前に依頼書を差し出す。セバスさんはそれを受け取り、依頼内容を確認する。

「これは、サイクロプス討伐……」

そして、渋い顔で読み上げる。

「はぁ⁉　サイクロプスなんてお前達に討伐できるのかっ？　あれは最低でもCランクかBランクが一人はいないと駄目だろ！」

いきなりミヅキには難しそうな依頼に、俺は声を荒らげる。

すると、冒険者達は肩を落として項垂《うなだ》れる。

「だって……もうこんな依頼書しか残ってないですよ。ミヅキちゃんが行けそうな依頼はすぐに取られて残ってなくて」

「ちゃんと身の丈にあった依頼を受けましょうね……」

セバスさんがニッコリ笑うと、パラッと依頼書を投げ捨てた。

「「「「すみませんでした」」」」

四人はさっと青ざめて、頭を下げると、依頼書を急いで拾って逃げるように部屋を出ていった。

「はい。次ー！」

次に待つパーティを呼ぶと、

「「「よろしくお願いします」」」

今度はベネット達のパーティが入ってきた。

「私達は、コレです！」

自信満々に依頼書を差し出す。

「オーク肉採取の依頼ですね」

セバスさんが頷く。いい反応だ。

「私達、ミヅキちゃんとも面識がありますし、女ばかりの三人組で安心ですよ！」

ここぞとばかりに女をアピールする。

「ランクもC級一人にD級二人だな。依頼書ランクもCで問題ないな」

好印象だった。確かに男ばかりのパーティよりも安心できそうだ。

「他の奴らのも見て決めるから、とりあえずギルドで待つか、今日中に連絡が取れるところにいてくれ」

俺達の好反応に、ベネット達がガッツポーズをしている。

「「「ありがとうございました」」」

三人はキャッキャッと声をあげて、嬉しそうに出ていった。

「はい。次ー！」

「「「よろしくお願いします」」」

「おっ、今度はヤダルか」

知った顔が現れ、俺はニヤッと笑う。さて、どんな依頼書を持ってきたかな……

「絶対、ミヅキちゃんと行きたいっす！　よろしくお願いします！」

ヤダルが緊張した表情で、バッと依頼書を差し出す。

「ミノタウロス肉採取の依頼ですね」

先程より少しランクが高めの依頼だった。

「オークより危険だな……」

俺は顎《あご》に手を当てて悩む。シルバだけなら問題ないと思うが、あの目を離せないミヅキが行くからなぁ……

ちらりと横を見ると、セバスさんも悩んでいる。すると、ヤダルがアピールをし出した。

「オークより危険ですが、俺達はC級三人です！　戦うには問題ないっすよ！」

ヤダルが拳を握って訴える。

「それに、少しは手応えないと従魔達もつまんないいんじゃないっすか？」

……なるほど。あまりに簡単な仕事だとシルバ達には手持ち無沙汰《ぶさた》かもしれん。

「確かにシルバさん達なら、ミノタウロスでも問題なさそうですね」

「しかし、最初はもう少し安全に……」

俺は悩み、とりあえず保留にして次の面接を行うことにした。

何組か条件がいいパーティが見つかって、残すところあと一組になった。

「次ー！　最後！」

「失礼します」

「「……」」

俺とセバスさんは入ってきた人物を見て固まった。

「これを……」

入ってきた冒険者が依頼書を恐る恐る差し出す。

「なにやってるんだ……コジロー」

「あなた、Ｂランクでしょう？」

最後の冒険者はコジローだった。二人で呆れていると、コジローは一歩身を乗り出した。

「ミヅキならＢランクの依頼でも問題ないかと……それにオレが必ず守りますから」

冗談で来た訳ではないようだ。しかし、それなら俺も黙っていない！

「そんなこと言ったら俺が連れてくわ！」

俺は立ち上がり吠えた！　そうだ、俺が行けば必ず守れるし、しかも一緒に依頼を受けられる！　これで解決だ！

「そうですね……なら私が行きますよ」

今度はセバスさんも行きたいと言い出した。

三人で俺が私がと話していると、トントントンと扉がノックされる。

「誰だ！」

大事な話を邪魔されて思わず怒鳴る。すると、扉の外からミヅキが恐々と顔を出した。

「ベイカーさん……どうしたの？　怒ってる？」

ミヅキは急に怒鳴られて、しゅんとしながら窺《うかが》うように声をかけてきた……

◆

私はギルドに着くとベイカーさんを捜した。

冒険者の皆に聞いたところ、奥の部屋にいると言うのでノックして部屋に入ろうとする。しかし、扉を開けたら、機嫌が悪いベイカーさんに怒鳴られた……

ベイカーさんは私と目が合うと、しまったと顔を曇らせた。

「ミヅキさん、気にしなくていいんですよ」

「ミヅキ、気にするな」

すると、一緒にいたセバスさんとコジローさんが、素早く私の側に来て声をかけてくれた。

「ミヅキさんが親離れしてしまい、気が立ってるんですよ」

セバスさんが言うと、そうそうとコジローさんも頷く。

ベイカーさんは慌ててなにか言おうとしたが、セバスさんがサッと話を変えた。

「今、ミヅキさんと一緒に依頼を受けるパーティを決めてたんですよ」

「えっ？」

私は俯《うつむ》けていた顔を上げて、セバスさんをまじまじと見つめた。落ち込んでいた気持ちも、自然と上向く。

「どうでしょう？ 私と一緒に受けてみませんか？」

セバスさんが笑って言ってくる。

私は一瞬驚いたが、すぐに冗談だと分かった。続いてコジローさんまで変なことを言い出す。

「セバスさんが行くことありませんよ。ミヅキ、オレと行かないか？」

コジローさんまで冗談？

なんだか可笑しくなって、くすくすと口に手を当てて笑ってしまう。

「セバスさんもコジローさんも、私のために冗談で笑わせてくれたんですね」

だって副ギルドマスターのセバスさんが、一番ランクの低いE級冒険者とパーティを組むなんて考えられない。

コジローさんもB級で新人を教える立場だ。そんな人がパーティなんて組んだら、他の人達になんて言われるか。でも皆の気持ちが素直に嬉しい。

「大丈夫ですよ。初めてのパーティで魔物と戦うのは緊張するけど、ちゃんと頑張ります！」

だから心配しないでねと笑いかける。しかし、二人とも黙ってしまった……ベイカーさんを見ると、なぜか頭を抱えている。

なんだか三人の様子がおかしくなってしまったが、パーティのことが気になり聞いてみる。

すると三人は、仕方なさそうに候補の依頼書を見せてくれた。

「一応、ここら辺ならいいと思うんだが……」

心なしか声に元気がない。

不思議に思いながら依頼書を覗くと、下のほうにパーティの名前が書いてあった。その中に知っている名前を見つけ、私は小さく飛び跳ねた。

「あっ！　これベネットさん達だ！　こっちはヤダルさん達。他も何組か見たことある人達ばっかりだねっ」

知ってる人と行けるなら安心だ。ホッとしていると、

「……どいつらにする？」

ベイカーさんがぶっきらぼうに聞いてきた。まるで誰でもいいよと投げやりな感じで……

――ゴンッ！

すると、突然セバスさんがベイカーさんに拳骨《げんこつ》を落とす。

「えっ？　な、なんですか？」

驚いて、私は目を丸くする。

「なんでもありませんよ。悪い虫がとまっていたので潰しただけです」

セバスさんが気にするなとにっこりと笑う。ベイカーさんは頭を押さえながら、「大丈夫だからサッサと依頼書を見ろ」と言った。

「えっ？　どうしよう……どの依頼書でもいいの？」

皆を見上げて、困惑のままに尋ねる。ベイカーさんが渋々といった感じで「ああ」と頷いた。

「じゃあ……明日はベネットさん達で、次はヤダルさんでもいいですか？」

そう言って皆を窺《うかが》い見ると、ベイカーさんがなにかを諦めたように笑った。

「分かった……じゃあ頼みに行くか」

「いや、私が呼んでくるのでここで待っていてください」

セバスさんが席を立った。

えっ？　頼むのにわざわざ呼んでくるの？　普通は私が行くのが礼儀なんじゃゃ……

そう思い一緒に行こうとするが、ここで大人しく待つように言われてしまった。

ベイカーさんも頷いて、私を椅子に座らせる。そうして、では、とセバスさんは部屋を出ていってしまった。

◆

ギルドの広間では、面接を受けた冒険者達が誰も帰らずに、結果の発表を待っていた。

私が扉を開けると、騒がしかった室内がシーンと静まり返る。

皆の視線が一斉にこちらに集まる。

「ベネットさん、ヤダルさん、おめでとうございます」

私は、ミヅキさんと依頼を行う権利を勝ち取った二組のパーティに笑いかけた。

「「うおぉー！　やったー!!」」

「「「くっそぉー」」」

両極端の反応が返ってくる。

二組のパーティ以外の冒険者達は、皆とぼとぼと肩を落として帰っていく。まぁ気持ちは分かるので、今度少しは優しくしてあげよう。

とりあえず笑顔の二組を集めて、再度おめでとうと声をかける。

「まずは明日、ベネットさん達、その後に一日休んでヤダルさん達がパーティを組み、依頼に向かってください」

そう説明すると、

「「はい」」

皆、喜び笑いながら返事をする。

あまりに浮かれているので、状況を分からせるためにゆっくりと話しかけた。

「いいですか？　ミヅキさんになにかあったらどうなるか……分かっていますよね？」

ニッコリ笑って伝えると、皆の顔つきが真剣なものに変わった。

「もちろんです！　絶対に怪我なんてさせませんから！」

その反応に、私も仕方なく納得し、皆をミヅキさんのところに連れていった。

◆

ベイカーさんと待っていると、セバスさんがベネットさん達とヤダルさん達を連れてきた。

顔見知りの先輩冒険者達に、私は顔を輝《かがや》かせて近づく。

「ベネットさん！　ヤダルさん！　今回は無理言ってパーティを組んでもらってありがとうございます！　皆さんもよろしくお願いします」

ペコッと頭を下げる。やっぱり最初の挨拶《あいさつ》は肝心だよね！　ただでさえこんな足手まといな子供を連れていくんだから。

「そんな！　私達ミヅキちゃんと組めて本当に嬉しいのよ！　無理なんて全然してないから気にしないでね」

他の人達もうんうんと頷いてくれる。

なんて優しい人達なんだろう、全然嫌な顔一つしないで……

私は迷惑にならないように頑張ろうと気合いを入れた。

とりあえず今日は、ベネットさん達と明日の依頼に向けて話し合うことになった。ヤダルさん達とはまた後日詳細を決めようと約束し、改めてお礼を言って別れた。

「セバスさんもベイカーさんも、素敵なパーティを見つけてくれてありがとうございます。いつか私のランクが上がったら一緒に依頼を受けてくれますか？」

やっぱりいつか二人とも依頼に行ってみたい……そう思っておずおずと聞いてみる。

「もちろんだ！」

「もちろんです！」

即答で返事がきた。

大分先になっちゃうけど、その時はよろしくね！

「コジローさんとも行けるといいなぁ〜」

先に帰ってしまったコジローさんにも後で伝えよう！

二人が機嫌よく出ていった後、早速依頼会議を始める。

「じゃ改めて、知ってると思うけど自己紹介からね。私はこの『戦女の剣《ワルキューレつるぎ》』のリーダーをしてる、ベネットよ！　職業は剣士！」

「私は、魔法使いのミリアナよ！　ミヅキちゃんよろしくね」

「あたしは鞭《むち》使いのアマリア。調合とかも得意よ」

「ミヅキです！　テイマーで、従魔はシルバとシンクです！　魔法も使えます！　迷惑にならないように頑張りますのでよろしくお願いします！」

頭を下げて挨拶《あいさつ》を返した。三人は、「可愛いぃ～」と私を囲む。

「ミヅキちゃん、何度も言うけど迷惑なんてないのよ！」

「そうそう！　この権利を勝ち取るのどれだけ大変だったか……」

「そうだよ！　明日は一緒に行く仲間なんだ、遠慮はいらないよ！」

安心させるように笑いかけてくれる。

私は嬉しくて「はい！」と元気よく手を上げた。

それから『戦女の剣』の皆と持ち物の確認をして、明日の朝、ギルドの前で待ち合わせることになった。

初めてのパーティ依頼がベネットさん達でよかった～！

私はルンルン気分で帰路についたのだった。

次の日。

私はシルバ、シンクと共に少し早めにギルドに向かった。

新人の私が先輩を待たせたら失礼だもんね！

ギルドが見えてくると、もうすでに『戦女の剣』の皆が待っていた。

「す、すいません、お待たせしちゃって！」

私は慌てて駆け寄る。時間、間違えたかな……

不安になって眉尻を下げると、皆、笑いながら大丈夫だと首を横に振る。

「違うのよ、私達が早く来すぎちゃって」

「そうそう、まだ集合時間前よ。ミヅキちゃんこそ早かったねー」

そう言って頭を撫《な》でてくれた。

「じゃ少し早いけど、皆集まったし依頼に向かいましょうか？」

ベネットさんの声に皆一斉に頷き、町の外に向かった。

町の外に出るとベネットさんが先頭に立ち、シルバに乗った私を囲むように他二人が挟んで歩く。……なんか護衛されてる気分。

「ここら辺はそんなに強い魔物はいないけど、一応気をつけて進みましょう」

ベネットさんが周囲を警戒しながら歩く。私はピシッと背筋を伸ばし、「はい」と返事をしてついていった。

【シルバ、なんかいたら教えてくれる？】

一応私も警戒しておこうと思い、シルバに聞く。シルバは尻尾を大きく振りながら、任せろと頷いてくれた。

しばらく進んだが、魔物どころか動物一匹さえ出てこない。

「……なにも出ないわね」

「いつもならビッグラビットくらい出そうなのにね」

三人は不思議そうに首を傾げている。

【シルバ、なんか分かる？】

【あぁ、俺達に気が付いて魔物達が逃げてるな】

ケロッと当たり前のように言われる。

「えっ！」

驚き、思わず声をあげてしまった。

「ミヅキちゃんどうしたの？」

いきなり声を出した私に、ベネットさんが心配して振り返った。

「な、なんでもありません」

笑って誤魔化《ごまか》してから、シルバにすぐに話しかける。

【えー！　じゃあ、オーク肉、採取できないの？】

魔物が逃げちゃうってそういうことだよね？

嘆く私に、シルバはふんっと鼻を鳴らして答える。

【オークは馬鹿だから大丈夫だろ。もう少し先に気配を感じるから、このまま行けば問題ないな】

シルバの言葉に私はホッと胸を撫《な》で下ろした。

そのまま先に進んでいくと、ベネットさんがなにかの気配に気が付き、手で停止するように合図する。そっと近くの木の陰に身を隠し、彼女が指で示す方向を見る。

そこには、豚の頭をした魔物、オークがいた。

うわぁ～、気持ち悪い……なんかブヒブヒ言ってる……。私は顔を顰《しか》めた。

「じゃ、予定通りアマリアの痺《しび》れ薬で弱らせてから一気に行くわよ」

ベネットさんが小さい声で指示を出すと、二人は無言で頷く。

「ミヅキちゃんはとりあえず初めてだから見といてね。次は参戦してもらうわ」

そう言って私にウインクした。

私も二人と同じように声を出さずに頷いた。

アマリアさんが風上に移動すると、袋に入れた薬玉をオーク達に向かって投げつけた。

急に飛んできた薬玉にオークが反応して叩き落とす。袋は衝撃でぱっと破れ、中に入っていた粉が舞い上がった。

粉を頭から被ったオークは、次第に動きが鈍くなり、地面に膝《ひざ》をついた。

「今よ！」

ベネットさんが声をかけ飛び出し、二人が後に続く。

「はぁっ！」

ベネットさんが掛け声と共に剣を振るうと、オークの頭が勢いよく吹っ飛んだ。

「はい！　いっちょあがり！」

剣を振ってオークの血を振り払い、ベネットさんが男勝りな声をあげた。

それからハッとして、気まずげにこちらを振り返る。そして、黙っている私に恐る恐る声をかけた。

「ミヅキちゃん……？」

ベネットさん達の戦闘を見て固まっていた私は、勢いよく彼女の足元に近づいた。

「すっごーい！　ベネットさんかっこいい！　シュッ！　って剣を振ったら、バッ！　ってオークが倒れてた！」

興奮しながら身振り手振りで、いかに感動したかを説明する。

「ミヅキちゃん、怖くなかったの？」

瞬《まばた》きを繰り返しながら尋ねるベネットさんに、ブンブンと勢いよく首を横に振る。

「オークは気持ち悪かったですけど、怖くないです！　ベネットさんかっこよかった～。

次は私も頑張ります！」

目をキラキラ輝《かがや》かせて、ベネットさんに憧れの眼差しを向ける。

ミリアナさんとアマリアさんが、ベネットさんの肩に手を置いて笑いかけた。

「よかったね」

「ミヅキちゃん、全然怖がってないよ」

「……怖がる？」

私は意味が分からずに首を傾げ、三人を見上げる。

「ベネットね、ミヅキちゃんと依頼に行くから、いつもみたいな男勝りな掛け声だと嫌われちゃうと思って、おしとやかに行くって決めてたのよ」

「でも、いつも通り声を出しちゃって焦ったのね」

二人の台詞《せりふ》に、ベネットさんが恥ずかしそうに頷く。

「嫌うなんてないです！　いつものベネットさんがかっこいいです！」

私は力いっぱい答える。ベネットさんは「うん」と嬉しそうに笑い、目から流れる涙をそっと拭いた。

その後、倒したオークを収納魔法でしまって次の獲物を探す。

「じゃあ、どんどんいこう！　とりあえず一人一体が目標ね！」

ご機嫌なベネットさんが声を張る。

「ミヅキちゃんは自分で戦ってみる？　それとも従魔さんにやってもらうのかしら？」

「自分でやってみます。ベネットさんみたいにかっこよく剣を振れたらいいけど……私、チビで持てないので、風魔法を使おうと思います」

ミリアナさんの質問に、拳を握ってそう答えた。

皆は微笑んで「頑張って！」と私の肩を叩き、発破をかけてくれる。

【ミヅキ、ちゃんと威力を落としてやるんだぞ！】

話を聞いていたシルバに注意される。そうだ、威力を抑えないと、後であの過保護な二人に怒られる。

【おっけー！　弱だよね！】

教えてくれたシルバの背中を、感謝の気持ちを込めて撫《な》でた。


しばらく歩いていくと、またオークが現れた。今度は四体いる。

さっきと同じようにアマリアさんが薬玉を投げると、オーク達の動きがまた鈍くなる。

しかし、一番遠くにいたオークにはあまりかからなかったようで、こちらに突進してきた。

「こいつは私がやる。他のは右がミリアナ、真ん中アマリア、左ミヅキ！」

ベネットさんが素早く指示を出し、向かってくるオーク目がけて飛び出した！

「「はい！」」

私も自分の倒すべきオークに向き合う。

「風（弱）！」

私は風刃をオークの首元に放った。

——ザシュッ！

鋭い音を立てて、あっさりオークの首が飛んだ。見ると他の皆も、すでにオークを倒していた。

ミリアナさんは水魔法でオークの頭を貫通させ、アマリアさんは鞭《むち》で首を絞めて落したようだ。

ベネットさんも無事オークを倒していたが、腕にかすり傷を負っていた。

「皆、無事倒したようだね」

ベネットさんは怪我など気にした様子もなく、笑顔で寄ってくる。

「ベネットさん……腕、怪我してるよ」

私はベネットさんの怪我が心配になり、小声で尋ねた。

「ああ、これくらいなんともないよ。いつものことよ！」

「駄目！　ちゃんと手当てしないと」

だが、彼女は全然気にしていないようだ。

私はその手を取り、ギュッと傷に布を当てる。すると、ベネットさんが私の頭を撫《な》でながら口を開いた。

「いや、このくらいで回復薬を使うなんて勿体《もったい》ないから大丈夫よ。でも、心配してくれてありがとう」

「……分かりました。でも血だけは止めさせてください」

私は傷を塞《ふさ》ぐべく、ほんの少しだけ回復魔法を使いながら血を拭いた。ばれないように細心の注意を払う。

「ありがとう。血も止まったみたい、大したことなかったんだよ」

ベネットさんが傷の様子を見て笑う。

よかった～気付いてない。魔力を調節すれば使っても平気そう！　要訓練だな！

私は新たな課題を見つけ、帰ってからやってみようと決心する。

「じゃ、目標達成したし、オークをしまって帰ろうか！」

声をかけられ、皆、自分の収納魔法にオークをしまう。

「もう一体は、どうする？」

アマリアさんが余ったオークの死体を見てベネットさんに聞く。

「勿体《もったい》ないけど、入らないから埋めていこうか」

「えっ？　なんで入らないんですか？」

私の問いに、ベネットさんは困ったように眉尻を下げる。

「収納魔法だとオーク一体がギリギリでしょ？　他の荷物も入ってるし」

「私のもう少し入りますよ！」

せっかくだから、まだまだ余裕のある私の収納魔法に入れていこう。

「えっ！　ミヅキちゃんの収納魔法凄いね！」

三人が驚いて私を見ている。役に立てたのが嬉しくて、喜びながらサッサとオークを二体収納した。私がしまい終えたのを確認して、ベネットさんが口を開く。

「さぁ、帰ろうか！」

依頼も問題なく終わったし、後は帰るだけ！

皆で来た道を戻っているとシルバがソワソワし出した。

【ミヅキ、ちょっと離れてもいいか？】

シルバが窺《うかが》うように話しかけてくる。

【いいけど、どうしたの？】

【ちょっと遠くに魔物の気配を感じる。まぁそんなに強くないから、俺が行って蹴散《けち》らしてくる】

散歩にでも行くような軽い感じだ。大したことはないのだと思い、了承する。

【そっか！　気をつけてね。シンクも連れてく？】

【いや、シンクはミヅキを見ていてくれ】

【うん！　分かった！】

シンクは私の肩に乗ると、守るからねと頬に擦《す》り寄る。私は、小さくても頼もしいシンクを優しく撫《な》でた。

【ふふふ、シンクがいてくれるなら安心だね！】

【この先、魔物の気配がないから大丈夫だと思うが注意しろよ】

【うん、シルバも怪我しないで帰ってきてね】

ギュッとふわふわの体に抱きつく。

シルバは「ああ」と短く返して、大地を蹴って行ってしまった。

「あれ？　従魔さんどうしたの？」

急にどこかに行ってしまったシルバに、ベネットさんが心配そうに尋ねる。私は「……ちょっとお散歩に行きました」と誤魔化《ごまか》した。

「先に帰っていいそうなんで、大丈夫ですよ」

ベネットさん達は不思議そうに頷くと、来た時と同じく私を真ん中にして歩き出した。

◆

ミヅキ達が見えなくなり、俺は更にスピードを上げた。

魔物の気配が徐々に強くなる。高台から下を覗くと、地面が蠢《うごめ》いて見えた。……魔物の姿は見えないが、確かに気配がある。

【地面か】

俺は不自然に盛り上がる地面の前に降り立ち、土魔法で蠢《うごめ》いているものを掘り返した。

すると、ワームが大量に飛び出してきた。

【気持ち悪い蟲《むし》が！】

ワームは群れで移動をしていたらしく、凄《すさ》まじい数が現れた。開けた穴から、次から次へと湧いて出る。無理やり地面に出されたことで気が立っているのか、暴れ始めた。

こちらに向かってくるのを、ヒョイッと軽くジャンプして避ける。ついでに爪でワーム達を斬り裂いていった。

【数が多いな……】

ワームは殺しても殺しても湧いて出る。真っ二つに切り裂いても、うごうごと蠢《うごめ》く姿が気持ち悪い。

【風塵旋風《ふうじんせんぷう》】

風魔法で地面が抉《えぐ》られ、一緒にワームの体が宙に浮く。そして、風の刃がワームを細切れにしていった。

【まぁこんなもんか】

地面はドーム型に抉《えぐ》られ、中にはワームの死体の山が出来上がった。もうそこには動くものはなにもない。

【たまには運動もいいもんだな！】

久々に体を動かしてスッキリした。大きく伸びをした後、体についたホコリを払う。

【さて、ミヅキのところに帰るか】

くるっと向きを変えて、急いで愛しのミヅキのもとへ戻る。

俺は全速力で駆けながら、先程全滅させたワームを思い出す。

ワームの群れの進行方向にはミヅキ達の町があった。このまま行けば、町を呑み込んでいただろう。

つまり町の壊滅を防いだという訳だ。いつもなら人の町がどうなろうと関係ないが、ミヅキのいる町なら別だ。ミヅキの身に降りかかる災厄《さいやく》は全て排除する。

移動中の商人がワームの死体の山に気付き、大変な騒ぎになってしまうのだが……それはまたしばらく後のことだった。

◆

私は『戦女の剣』の皆とギルドに戻ってきた。

「じゃ、依頼完了の報告に行きましょう」

ベネットさんが受付に向かう。

依頼書を見せて、オークを解体室に出すように指示された。

「解体室？」

初めて聞いた！　私はキョロキョロと周りを見回す。

「ふふふ、こっちよ」

ベネットさんがソワソワする私を、笑いながら案内してくれた。

ギルドの外に出て、裏に回ると倉庫があった。

「ここで解体するのよ。大きい魔物とかはこっちに運んでね」

優しく丁寧に教えてくれる。

倉庫では、つなぎを着たおっちゃんとお兄ちゃんが作業をしていた。

「オークです。よろしく」

ベネットさんが声をかけると、

「はーい。ここにお願いします」

若いお兄ちゃんのほうが広い台の上を指さす。

「ミヅキちゃん、あそこにオークを載せられる？」

アマリアさんが言うので、収納魔法から出したオークを二体置いた。

「あっ！　君が噂のミヅキちゃんかい？」

お兄ちゃんが私を見て声をかけてきた。

「初めまして、ミヅキです。よろしくお願いします」

お兄ちゃんに挨拶《あいさつ》をする。

「よろしくな！　俺はアレクだ。向こうにいるのが親父のユゲル」

アレクと名乗ったお兄ちゃんは、もう一人のおっちゃんを顎《あご》で指した。

親子でやってるんだー！

「よろしくお願いします」

ユゲルさんにも挨拶《あいさつ》をすると、彼は「おう」と手を上げた。

なんか職人って感じでかっこいい！

「はいじゃあ、オーク五体だね！　確認しました」

「これを受付にもう一度出せば完了よ！」

アレクさんが依頼書にハンコを押した。ベネットさんがそれを受け取り、見せてくれる。

それからまた皆で受付に戻り、報酬《ほうしゅう》を受け取った。

「早速皆で分けましょう」

ベネットさんがきっちり報酬《ほうしゅう》を四等分にする。

「ベネットさんが二体倒したのに、同じでいいの？」

「私達は誰が何体倒しても、平等に分けようって決めてるの。他のパーティでは倒した数によってきっちり分けるところもあるみたいだから、先に聞いておくといいわよ」

思わず尋ねた私に、彼女は丁寧に教えてくれた。ふむふむ、勉強になるなぁ～！

「ミヅキちゃんは十分に魔物と戦えるみたいね。また行きたくなったら、いつでも声かけてね」

「ミヅキちゃん、このままうちのパーティに入っても全然いいよ！」

ベネットさんが笑いかけてくれる。続いて、ミリアナさんも嬉しいことを言ってくれた。

「また、一緒に行こうな！」

アマリアさんも頭をぽんと撫《な》でてくれる。

「今日はありがとうございました。最初のパーティ依頼が『戦女の剣』の皆さんでよかったです！　また一緒に行ってください」

私は報酬《ほうしゅう》の入った袋を両手に抱いて、皆に頭を下げた。それから「またね～」とギルドの前で手を振って別れる。

後ろを振り返り、帰ろうとするとシルバが座って待っていた。

シルバに駆け寄り、抱きつく。

【おかえり！　怪我してない？】

シルバの体を触って怪我がないか確認する。

【ああ、大丈夫だ。ミヅキも終わったのか？】

【うん！　報酬《ほうしゅう》貰ったよ！】

お金の入った袋を見せる。

【じゃ、服屋さんに寄って帰ろっか？】

そして、私はシルバ達と服屋に向かって歩き出した。

服屋に到着し、所狭しと並んだ服の間から声を出す。

「こんにちは～」

「あ～ミヅキちゃん、できてるわよ～」

服屋のお姉さんが、カツラと髪飾り、そしてエプロンを持ってきてくれた。

「サイズが大丈夫か確認したいから、着てみてくれる～？」

お姉さんが試着室に案内してくれる。

目隠し用のカーテンを引いて着替えてから、お姉さんの前に出て全身を見せた。

「あら～！　似合う！　可愛いわぁ～。鳥さんとお揃いで、すっごくいいわぁ～。サイズも大丈夫そうね！　キツイとか緩いとかないかしら」

「大丈夫です」

お姉さんに褒《ほ》められて照れてしまう。

シンクも嬉しそうに私の周りを飛んでいる。

「その髪飾り、結構いいわね！」

お姉さんが急に真剣な顔になって、私の格好を凝視《ぎょうし》した。

「ミヅキちゃん、その髪飾り……商業ギルドに登録しといたほうがいいわ」

いつもの色っぽい喋《しゃべ》り方でなく真面目な口調だ。私は目をぱちぱちと瞬《しばた》かせる。

「商業ギルドに登録？」

「ええ、他の人が真似して売り出さないようにするのよ」

前にホットドッグの時に言ってたやつかな？

「ベイカーさんと行ってもいいけど……頼りないわね。セバスさんあたりと行けるといいんだけど……」

お姉さんがぶつぶつ呟いている。なにやら一人で考えているようだ。

「ミヅキちゃん、ちょっと店番しててくれる？　どうせこの時間、客なんて来ないから大丈夫」

そう声をかけると、サッサとお店を出ていってしまった。

えええぇー！　店番ってなにすればいいんだ!?

最初こそどうしようとアワアワしていたものの、お姉さんの言う通り一向にお客さんが来ない……

緊張して立っているのに疲れて、お姉さんがいつも座っている椅子に腰掛け、シンクを撫《な》でながら和《なご》む。すると、その時、お店に誰かが入ってきた！

──お客さんだ！

私はパッと立ち上がり、声をかける。

「いらっしゃいませっ！」

しかし、扉から現れた人物を目にして、肩の力が抜けた。お客さんではなくセバスさんだったのだ。

後ろには服屋のお姉さんもいて、更にホッとする。

なんだー、セバスさんを呼びに行ってたんだ。そう思って近づくが、なぜかセバスさんが固まっている。

「セバスさん？　どうしたの？」

見上げながら声をかけ、彼の服をツンツンと引っ張った。

「どう？　凄いでしょ！」

お姉さんが得意げにセバスさんに話しかけた。

彼は驚いた顔をして、凝然《ぎょうぜん》とこちらを見つめる。

「ミヅキ……さんですよね？　大変可愛らしいです」

セバスさんからも褒《ほ》められて、頬に熱が集まっていく。

「耳の部分、髪飾りをアレンジして作ったの。髪の色と合わせると、本当の獣人の耳みたいでしょ！」

　お姉さんがセバスさんに説明する。

　私が依頼した髪飾りは、頭の上に狼の耳のような赤い突起が二つついているデザインだった。カツラと一緒に被ると馴染《なじ》んで、まるで獣の耳が生えているように見えるのだ。

「獣人の格好を真似するなんて誰も考えないけど、してみるとすっごい可愛いんだもの！　これは登録しとくべきよ！」

　お姉さんが興奮している。

「確かに、誰も考えつかなそうですね」

　セバスさんがまんじりともせず、じっと私のエプロンや髪飾りを見つめている。なんかこそばゆい。

「ベイカーさんだとちょっと役に立たなそうだから、セバスさん、ミヅキちゃんと登録に行ってあげて！」

「……そうですね。私が適任かと」

　お姉さんに言われて、セバスさんがニヤリと笑った。

　私が着替えている間に、お姉さんは髪飾りを何個か用意してくれていた。

「結構簡単だったから、色違いと形を変えていくつか作っておいたの。ミヅキちゃんがモデルをすれば完璧よ！」

お姉さんが髪飾りをセバスさんに手渡す。

「お任せください。ちゃんと登録してきますよ！」

セバスさんがなぜか、とてつもなく爽やかな笑顔でそれを受け取った。

「ミヅキちゃん、これから商業ギルドに行くから頑張ってね！」

あれ？　なんか大変なことになってきたぞ……

そして私は、訳が分からないまま、セバスさんと商業ギルドに向かうことになった。


セバスさんとシルバ達と共に商業ギルドに向かう道中、セバスさんが苦笑してこちらを見下ろした。

「本当は、あまり商業ギルドにミヅキさんを紹介したくなかったんですけどね……」

えっ？　そうなの？　なら、なんで行くんだ？

首を傾げると、

「これ以上、ミヅキさんのことを知る人が増えるのは、あまりよくありませんからね」

と言われるが、どういう意味だろう？

ますます意味が分からず、首を傾げる角度が大きくなる。

お店が建ち並ぶ区域を抜けて、商業ギルドに着く。

「ここが商業ギルドになります。あまり一人では来ないようにしてくださいね」

セバスさんに注意されたので、ひとまず頷いておいた。シルバ達は外で待つことになり、セバスさんについて中に入っていく。

「あれ？　冒険者ギルドの副ギルドマスターがなんの用ですか？」

中に入るやいなや、若いお兄さんが声をかけてきた。妙に棘《とげ》のある言い方だ。

「ギルドマスターはいますか？」

セバスさんはなぜかその質問には答えなかった。

商業ギルドのお兄さんは面白くなさそうに顔を歪《ゆが》めると、近くにいたお姉さんになにか耳打ちする。お姉さんは頷き、奥に向かっていった。

「うちのギルドマスターは忙しいので、よければ私が話を聞きましょうか？」

お兄さんが笑顔で対応する。胡散《うさん》くさい笑顔だ……

なぜかこのお兄さんの笑顔があまり好きではなかった。

セバスさんもよく腹黒く笑うけど、まったく違った笑顔なんだよね……なにが違うんだろ？

二人の笑顔をじっと観察する。

セバスさんが私の視線に気が付いて、こちらにニコッと微笑んだ。

うん、やっぱりセバスさんの笑った顔は好きだなぁ……

私は恥ずかしくなり視線を逸らす。頬がほんのり熱くなるのを感じた。

すると、先程まで冷たかったセバスさんの雰囲気が少し和《やわ》らいだ。それに目ざとく気付いたお兄さんが、彼の視線の先にいる私に目を向けた。

「そちらのお嬢さんはどちら様ですか？」

今度は私に話しかけてくる。

セバスさんが私を後ろに隠した。せっかく和《やわ》らいだ空気がまたピリつく。

「怖がっているので、近づかないでください」

声は穏やかだけど、今、絶対に目が笑ってないよね？

セバスさんから漂《ただよ》う不穏なオーラを感じてアワアワしていると、

「珍しい人が来てますね」

品のいいおじさんが声をかけてきた。

「お久しぶりです。トーマスさん」

セバスさんが、トーマスさんと呼んだおじさんに頭を下げ挨拶《あいさつ》をした。

私もそれに倣《なら》って、慌てて一緒に頭を下げる。

「ちょっと、ご相談がありまして……どこかで話せませんか？」

セバスさんが言うと、トーマスさんの目がキラッと光った。

「こちらにどうぞ」

そう言って、奥へと案内される。

「ギルマス！　私もご一緒していいですか？」

先程の若いお兄さんが、どこか必死な形相《ぎょうそう》で声をかけた。

トーマスさんがチラッとセバスさんを見てから、お兄さんに視線を向ける。

「お前はここにいろ」

そして、そう冷たくあしらった。お兄さんがセバスさんに失礼な態度を取ったことを、とがめているような印象を受ける。

セバスさんを見るが、特に変わった様子はなかった。先程のやり取りを見ていた訳でもないのに、よく分かったなぁと感心する。

あのギルドマスター、なんか怖いな……

私はこの二人の会話に入るのが恐ろしくなってきた。

部屋に案内されると、先程のお姉さんがお茶を持ってきてくれる。しかも私にはご丁寧にジュースを用意してくれた。

ニコッと笑ってお礼を言うと、ごゆっくりと微笑み返してくれる。

お姉さんが部屋を出るのを見送った後、早速トーマスさんが口を開いた。

「それで？　このお嬢さんはいていいのかな？」

「ミヅキと言います。よろしくお願いします」

セバスさんに恥をかかせないようにしっかりと挨拶《あいさつ》をすると、彼は少し驚いた顔をした。

「今日はこの子が考えた商品を持ってきたんですよ」

セバスさんが私を見て、誇らしげに紹介してくれる。

「えらく気に入ってますね」

トーマスさんは、私とセバスさんを交互に見つめ、窺《うかが》うように目を細めた。セバスさんが薄く笑って、頷く。

お互い本性を出さず、言葉少なに腹の探り合いをする二人に背筋が寒くなる。

なんか怖いっ！　私、場違いじゃない!?

ガチガチに固まる私に気付いて、セバスさんがトーマスさんを責める。

「あまり睨まないでもらえますか？　ミヅキさんが怖がってますから」

「いや、私のせいではなく、セバスさんの笑顔に固まっているんですよね？」

穏やかではあるものの、どこか凄味のある笑顔を向けられ、半ば無理やり同意を求められる。

「セ、セバスさんは優しいです。この笑顔は私のためだから怖くないです」

正直に話すと、トーマスさんの雰囲気が少し変わった。

「ミヅキさんでしたね。私はこの商業ギルドのギルドマスターをしているトーマスと申します。よろしくお願いしますね」

そう笑いかけられた。

先程の怖い雰囲気が霧散して、ホッとして力が抜けた笑顔を見せてしまう。

「よろしくお願いします」

「ふふっ。大変可愛らしく笑いますね」

トーマスさんが手を伸ばして頭を撫《な》でようとする。しかし、セバスさんが素早くトーマスさんの腕を鷲掴《わしづか》んだ。

えっ？　なんで？

撫《な》でられる気でいた私は、目を瞬《しばた》かせながらセバスさんを見る。

「まだ駄目です」

彼はトーマスさんに冷え切った視線を向けながら、口元に笑みを浮かべた。

えっ？　なんか頭汚れてた？

バッと頭を触るが、特段変わったところはなさそうに感じる。

「ミヅキさんが困ってますよ」

セバスさんの手をすり抜けて、トーマスさんが私を撫《な》でた。

「大丈夫、可愛いですよ」

まるで私の考えていたことが分かっているかのように声をかけられる。

「ありがとうございます」

汚れていなくてよかった。私はホッと胸を撫《な》で下ろす。

「まったく……それでは話を進めても？」

セバスさんがため息をつくと、トーマスさんを見据えた。

彼が「よろしく」と促すと、セバスさんはあの髪飾りを取り出した。

「では、こちらを見てください」

「これは？　色鮮やかですが……なんですか？」

「こうやって、使います」

セバスさんが髪飾りを私に一つ手渡す。私はそれを頭につけた。

「こ、これは！」

「はい。髪飾りですが、つけると獣人の耳のようになるんです」

セバスさんはどうですか？　と得意げにトーマスさんの顔を見つめている。トーマスさんは私に近づき、じっくりと髪飾りを眺める。

な、なんか緊張する……

私は息を殺して動かないようにじっとする。

「この商品を登録するんですか？」

トーマスさんは、髪飾りを見ながら聞いてくる。

あれ？　私に聞いてるの？

セバスさんを見るとニッコリ笑っている。

きっと私が話したほうがいいのだろう。そう判断して答えた。

「えっと、登録したほうがいいと言われたので……」

「これはあなたが一人で考えたのですか？」

「はい……でも売りたいとかじゃなくて、自分でつけるために作ってもらいました」

「なぜ、獣人の真似を？」

トーマスさんが不思議そうに聞いてくる。

「えっ？　可愛いからです」

当たり前のことなので即答した。私の返答が要領を得なかったのか、トーマスさんは眉を顰《ひそ》める。

「可愛い……？」

「可愛くないですか？　そりゃ本物には敵《かな》いませんが、ふわ耳なんて憧れます！」

少し興奮してしまう。そんな私にトーマスさんが真剣な顔で尋ねる。

「でも、獣人は嫌悪されていますよね？」

「いいえ！　きっと獣人達も人族と対等な関係になれると思います！」

レオンハルト王子やシリウスさん達が頑張るって言ってくれた。その言葉を信じて、私は力強くトーマスさんの目を見つめ返した。

「……」

トーマスさんは顎《あご》に手を当て、しばらく考え込んでいたが、やがてニコッと笑った。

「いいですね。これは面白いことになりそうです」

なにを思ったのか愉快そうにしている。すかさずセバスさんが口を開いた。

「では、こちらで商品の登録をお願いします」

「登録者はミヅキさんでよろしいですか？」

「えっ？　私？　セバスさんでもいいですか？」

トーマスさんの問いに戸惑いながらセバスさんを見ると、首を横に振っている。

「いえ、これはミヅキさんが考えたものです。ミヅキさんが登録したほうがいいでしょう」

えーでもなんか面倒くさいなぁ……うーん。

「なにか、問題でもありますか？」

「いえ、ちょっと面倒だなと思って」

笑って正直に答えると、トーマスさんが驚いた顔をしている。

「普通、我先に登録したがるものですがね」

と、苦笑されてしまった。

でも、私は普通に生活できる分のお金が貰えれば十分だ。

「では、登録者の名前を非公開にしておきましょう。それなら面倒事も減らせるんじゃないですか？」

トーマスさんがそう提案してくれた。

それいいね！　是非、それでお願いします！

頷く私を認めた後、トーマスさんが再び尋ねてくる。

「いつ売り出しましょうか？」

「えっ！　全然考えてないです……とりあえず一週間後に王都でつけるために作ったん

ですけど」

「王都で？」

トーマスさんが興味深そうに、上体を前のめりにした。

「王都の食堂でお手伝いをするんです。その時につけようと思ってて」

髪飾りをいじりながら説明する。そんな私にトーマスさんが優しく問いかける。

「理由をお聞きしても？」

「実は王都であんまり会いたくない人がいるので、変装のつもりで作りました」

正直に理由を答えると、トーマスさんはなにか思いついたのか、ニヤリと不敵に笑う。

ああ、セバスさんと同じような笑顔だ……この二人、少し似てるかも……

「それは、いいかもしれません。一週間後に王都に発《た》って、そこで披露《ひろう》するのですね」

私はそうだと頷く。

「ミヅキさん、それまでこれは他の人に見せないようにしておいてください。そして思いっきり、王都で披露《ひろう》してきてください。そしたらきっと沢山売れますよ」

トーマスさんは、少年みたいにワクワクしている。

「こんなに心躍るのは久しぶりです」

そして、ありがとうと優しく微笑んだ。

よく分からないけど……トーマスさんが嬉しそうなので、言われた通りにしてみようと思う。私はコクリと頷いておいた。

無事、トーマスさんに言われるがまま書類を書いて商品登録が完了した。

これでこの商品は、他の人が勝手に販売することはできず、取り扱いたいなら登録料をギルドに支払う必要があるらしい。

その登録料が私のお金になるようだ。

まぁ別に売れなくてもいいか……私は軽く考えることにした。

「とうとう商業ギルドにミヅキさんの存在がバレてしまいましたね」

セバスさんが苦笑する。

さっきも言ってたけど、そんなにまずいことかな？　疑問に思っていると、私の考えが伝わったのかセバスさんが説明してくれる。

「ミヅキさん、あなたは自分が思っているよりずっと存在価値がある方です。あなたになにかあった時、助けてくれる方がどれだけいると思いますか？」

真剣な顔を向けられるが、なんと答えていいか分からずに黙ってしまう。

「……」

「シルバさんにシンクさん、ベイカーさんにギルマス、コジローさんにもちろん私も……」

セバスさんが大切なものを見つめるように、こちらに微笑む。

「冒険者ギルドの皆さんに、この町のあなたと関わった皆もきっとミヅキさんの力になってくれますよ。あなたはそれだけ魅力的な人なのです」

私は今まで出会った人達の顔を思い浮かべる。

「あなたは皆にとって、とても大切な存在になっているのです。そのことを忘れないでくださいね」

そう言って目を細めるセバスさんは、今までで一番優しい笑顔だった。

「は……い」

私は小さい胸が温かい気待ちでいっぱいになり、そう答えるのがやっとだった。

突然、異世界に来て、どうにか皆に助けられながら暮らしていたが……やっと自分の居場所はここだと言われた気がした。

そっか……私が皆を大切なように、皆も私にその思いを返してくれてるんだ。

「だから、これ以上あなたの魅力に気が付く人が増えるのはよくないんですよね……」

セバスさんがボソッと商業ギルドのほうを見て呟いた。

それからセバスさんに連れられて、服屋に戻ると、お姉さんが私達の帰りを待っていた。

「無事、登録してきました！」

私が元気に報告すると、お姉さんは笑って私の頭を撫《な》でる。

「ふふ～、よかったわね～。セバスさんありがとう」

「いえ、教えていただきありがとうございました。こちらはお返ししますね」

セバスさんが、預かっていた髪飾りをお姉さんに手渡した。

「それと商品ですが、まだ販売はしないでほしいそうですよ。なにやら商業ギルマスに考えがあるようなので」

「あらそうなの？　でも確かに最初は躊躇《ちゅうちょ》しちゃうかもしれないわね……」

お姉さんが頬に手を当てて、色っぽいため息をつく。

「ミヅキさんが王都でお披露目《ひろめ》するそうなので、すぐに売れますよ」

「ミヅキちゃん、王都に行くの？」

セバスさんの言葉に、お姉さんが目を丸くしながら驚く。私は彼女に、リリアンさん達と王都に行くことを説明した。

「確かにミヅキちゃんがこの格好で接客したら話題になるわね……」

お姉さんがまたぶつぶつ考えている。すると、急に真剣な顔つきになり、こちらを見つめてきた。

「じゃ、それまでに沢山作っておくわ！」

「えっ？　そんなに作るつもりないんだけど……お金もないし……」

困りながらお姉さんを見上げる。

「大丈夫！　材料費もそんなにかからないし、こっちで勝手に作っておくわ、その代わり……売れたらよろしくね！」

お姉さんはそう言ってウインクしながら、私の鼻の頭にちょんと触れた。

これは頑張ってアピールしないといけないかな？　お姉さんに借金をさせる訳にはいかない。

「頑張って王都で売り込みます！」

ビシッと敬礼してやる気をアピールする。

「ほどほどでいいですからね」

セバスさんが苦笑していた。

◆

次の日、ギルドに行くとヤダルさん達を見つけた。駆け寄って挨拶《あいさつ》をする。

「ヤダルさん、おはようございます」

「ミヅキちゃん、おはよう！　昨日の依頼はどうだった？」

私に気付いたヤダルさんが、ベネットさん達と行った魔物狩りの件を聞く。

「ベネットさんが剣でサッサとやっつけて、ミリアナさんは、魔法でズドンッて、アマリアさんは凄い粉で動きを止めて……」

昨日のことを思い出し、興奮しながら身振り手振りで説明する。

「そっかー、楽しい依頼ができてよかったな！　明日はもっと楽しくなるよう俺達と頑張ろうな！」

私は「はい！」と元気よく答えた。

「じゃ、まずは自己紹介な。まぁ知ってると思うけど、俺は『轟音《ごうおん》の雷鳴《らいめい》』のリーダーのヤダルだ！」

ヤダルさんが勢いよく胸を叩く。彼に続くように、物腰の柔らかいお兄さんが挨拶《あいさつ》する。

「私は、魔法使いのミクロムです」

「僕は弓使いのアーク、よろしくね」

最後は身軽そうな小柄なお兄さん。

「ヤダルさん、ミクロムさん、アークさんよろしくお願いします」

私は三人に頭を下げた。

「俺達の依頼は、ミノタウロス肉の採取だ。オークより手強《てごわ》いから気をつけてな」

依頼内容を言われて頷く。

用意するものなどはほとんど一緒らしいが、ミノタウロスの生息地域が少し遠いらしいので、食べ物を持ってくるように言われた。それから、明日の朝にギルドに集合するよう約束し、三人と別れた。


次の日、私はまた少し早めに家を飛び出した。

「ベイカーさん！　いってきまーす！」

「気をつけて行ってこい！　あと、変なことするなよ！」

釘を刺されて、「はーい！」と返事をしながらギルドに向かった。

すでにギルドの前には『轟音《ごうおん》の雷鳴』の皆が待っていた。……皆、来るの早いんだよね。

「お待たせしましたー！」

私は慌てて駆け寄る。

おはようと挨拶《あいさつ》を交わして、早速依頼に向かうことになった。少し遠いため走りながら向かうとのことなので、今回もシルバに乗って、走ってもらうことにする。

【シルバよろしくね】

シルバを撫《な》でると、早く乗れとばかりに鼻先で背中に乗せられる。

【いつでも乗っていいんだからな】

あれ？ 最近あんまり乗ってなかったからかな、なんだか嬉しそうだ。

シルバの尻尾がパタパタと揺れている。

「じゃ行くぞ！ 俺が先頭で、ミクロム、ミヅキ、アークの順で行く」

「はい！」

ヤダルさんの指示に、しっかり返事をする。

ミクロムさんの後ろについて、さぁ、いざ出発ー！

流石《さすが》と言うか、C級の皆さんは息が切れることなく走り続ける。私なら絶対無理だね！

途中、小さな魔獣が出ると、後ろのアークさんが弓で走りながら射止めていく。

まぁその命中率が高いこと！ 今のところ一度も外していない。

「アークさん、凄いねー！」

感心して褒《ほ》めると、ヤダルさんとミクロムさんがピクリと反応する。

「そんなことないぞ」

アークさんは謙遜《けんそん》しながらも、嬉しそうに照れている。

今度弓を教えてもらおうかな。

なんて考えていると、

【ミヅキ、先に少し強めの魔物の反応があるぞ】

シルバが気をつけろと注意する。同時に、ヤダルさんがスピードを落とした。

「ここからは慎重に行くぞ」

そして、真剣な表情で皆に声をかける。

音を立てないようにするため、私はシルバにしがみついて進む。風下に回りながら進んでいくと、ヤダルさんがスッと手を上げた。するとミクロムさんがピタッと止まる。シルバもそれに合わせて足を止める。前にはミノタウロスが三体いて、なにかを追い詰めている。

見ると、小さい白いヘビだった。

ミノタウロスが大きな斧《おの》を振り上げ、ヘビに向かって振り下ろそうとしている。

——駄目！　ヘビが死んじゃう！

私は思わず立ち上がって、物音を立ててしまった。

そのせいでこちらの気配に気が付いたミノタウロスが、振り上げた腕をピタッと停止させる。そして、訝《いぶか》しげに周りを確認した。

「ミクロム、アーク行くぞ！」

このままでは気付かれると判断したのだろう、ヤダルさん達が一斉に前に出た。お互いが一体ずつに向き合い、ヤダルさんが先陣を切って剣を振るう。それをミノタウロスが斧《おの》で弾いた。

隣では、ミクロムさんが魔法を放っている。

「雷撃っ」

雷魔法だ！

雷がミノタウロスの脳天を直撃するが、まだ動いている。威力が弱いのか致命傷にはいたらなかったようだ。

アークさんも弓を何本もミノタウロスに突き立てているが、しぶとく抵抗されている。

【ミヅキ、あの弓に雷魔法を纏《まと》うように言ってみろ】

二人の戦い方を見ていたシルバが、不意にそんなことを言った。

「ミクロムさん、アークさんの弓に雷魔法を纏《まと》えますか？」

私が叫ぶと、二人が驚いたように目を見張る。しかし、一瞬で切り替えお互いを見つめ合い、アークさんが弓を構えた。

「雷撃！」

ミクロムさんが叫ぶと、アークさんが弓を射った！

射ったその弓に雷魔法を放つ。雷を纏《まと》った矢は見事、ミノタウロスの頭に刺さった。

ミノタウロスは全身を痙攣《けいれん》させ、あっという間に絶命した。

二人は弓の威力に驚くが、すぐにもう一体目がけて弓を射る。

少しタイミングがずれて雷が弓に絡まなかったが、次の矢は上手くいった。

その間にヤダルさんもミノタウロスを倒していた。

「おい！　なんだその弓の威力！　すげぇな！」

ヤダルさんが興奮しながら二人に声をかけた。

「いや、ミヅキちゃんが急に教えてくれて……」

二人が弾かれたようにこちらを見る。

「シルバが言えって……」

私はシルバの頭を撫《な》でながら、皆を見上げた。

「とりあえず検証は後だ、ミノタウロスを回収してこの場を離れよう。あと、ミヅキ！」

ヤダルさんが私の側に来て、眉を上げる。

「なんで急に立ち上がったんだ？」

腰に手を当てて怒っている。

「急に物音を立てたりしたら、魔物に気付かれるだろ。一人なら自分だけの責任だが、パーティを組んでる以上他の奴らの命もかかってるんだ。軽率な行動は絶対駄目だ」

厳しい顔で注意された。

本当にその通りだ……正しいことを言われてぐうの音も出ない……

「すみませんでした……」

私は下を向き、反省する。

「分かればいいんだ！　次は気をつけるんだぞ！」

ヤダルさんは私の頭をぽんと叩いて、ミノタウロスの回収に向かった。

はぁ……足引っ張っちゃった。

迷惑をかけたことに申し訳なくなる。

【なんで立ち上がったんだ？】

シルバに言われて、ヘビのことを思い出す。そうだ、ヘビが死んじゃうと思って動いちゃったんだ。

ミノタウロスが追い詰めていた場所に行くと、草むらの中に、白い体に赤い血を流し、傷ついているヘビがいた。

【うそ……間に合わなかったのかな】

私は傷を負って動かないヘビにそっと触れる。幸いまだ体が温かく、微《かす》かに動いた。

ヤダルさん達をチラッと見る。こちらには気が付いていないようだった。

私は見つからないようにヘビに向き合い、回復魔法をかける。

ヘビの体を淡い光が包み込み、瞬《また》く間に傷を癒《いや》していった。

ヘビは意識を取り戻し、頭を動かして私をじっと見ている。白い体に赤い目が映えて、とても綺麗な白蛇《しろへび》だ。

「大丈夫？」

気付かれないように小声で話しかけると、ヘビはくるっと向きを変えて草むらの中に消えていった。

素早く動く姿に、よかったと安堵《あんど》する。

白蛇《しろへび》が見えなくなるのを確認して、ヤダルさん達の側に向かった。

もう三人はミノタウロスを解体し終え、必要な部分を収納している。

私は作業している彼らに近づいて、改めて先程の行動を謝った。

「ミクロムさん、アークさん、さっきは危険な行為をしてしまいすみませんでした」

頭を下げると二人は笑って声をかけてくれた。

「反省してるんならいいんだよ、ただ……」

　アークさんは眉尻を下げると、一人離れて作業していたヤダルさんをチラッと見る。

「ヤダルが言い過ぎたって気にしてるんだけど、ミヅキちゃんのためを思って言ったんだ。分かってやってくれ」

「――はい、分かってます。ヤダルさんが私のことすっごく心配してくれてるの……だからこそ気をつけないといけなかったのに……悪いのは、私ですから」

　私が頷くと、「ありがとう」と二人にお礼を言われてしまう。

　その時、ヤダルさんがこちらの様子を窺《うかが》うように話しかけてきた。

「じゃ、じゃあちょっと休憩してから、またミノタウロス探しに行こう……か？」

　しどろもどろな彼に、私はぷっと噴き出してしまう。

「ヤダルさん、さっきは怒ってくれてありがとうございます。大好きですよ」

　私は気にしてないよという気持ちを込めて、彼の足元に抱きついた。

　ヤダルさんは固まると、ギシギシと音がしそうなほど、ぎこちなく私の体を受け止めてくれた。その後ろでは、ミクロムさんとアークさんが笑って私達の様子を眺めていた。

　無事ヤダルさんの緊張も解けて、皆で周りがよく見渡せる広場に移動し、ご飯を食べることになった。

『轟音《ごうおん》の雷鳴』の皆は、パンに肉と味気ないものを口にしていた。

私は綺麗な布を広げ、その上に収納魔法にしまっておいた料理を並べる。今日のために、事前に作っておいたのだ。

「皆さん、よかったら食べてください！」

皆の分も作ってきたので、どうぞと差し出した。

「なんだ！　すっごい美味《うま》そうだな！」

ヤダルさんは、初めて見るカラフルなサンドイッチに釘付けになっている。私は一つ手に取ると、お皿に載せてヤダルさんに差し出した。

彼は目を輝《かがや》かせながら、おもむろにサンドイッチにかぶりつく。

「う、うっまぁーい！」

そう大声で叫ぶと、残りも次々と口に詰め込んだ。

ミクロムさんとアークさんにも渡すと、二人も「ありがとう」と言って食べ出す。

「美味《おい》しい！　コレ、野菜が入っているんですね？」

ミクロムさんがサンドイッチの中身を聞いてきた。私は頷いて、説明する。

「はい、オーク肉とトマト、たまごと菜っ葉ですよ」

「俺、野菜は苦手だけどこれならいくらでも食える！」

ヤダルさんはすでに二個目に突入していた。

アークさんも美味《うま》い美味《うま》いと食べている。

「こっちのは甘いパンなんですよ！」

ジャムサンドを指さす。皆は興味津々《きょうみしんしん》といった表情で、一斉に手を伸ばした。

「甘い！」

アークさんはこれが特に気に入ったようで、バクバク食べている。どうも彼は甘党らしい。

「この白いのはなんですか？」

ミクロムさんがジャムサンドに挟んであるクリームを指さした。

「これはクリームチーズです。ちょっと酸味がある緩いチーズなんですけど、甘いジャムと相性バッチリなんですよ！」

説明しながら私もパクッとかぶりつく。

横では、シルバとヤダルさんが、バクバクとサンドイッチを競うように腹の中に消していく。

シンクは甘いほうが好みらしく、ジャムサンドを可愛いくちばしで突《つつ》いていた。

用意してきたサンドイッチを全て平らげるとお腹もいっぱいになり、食後のお茶を飲みながらのんびりと話をする。

「三人はどうしてパーティを組んだんですか？」

なんだかヤダルさんだけワイルドで、他二人とは系統が違うように感じたから、なんの気なしに聞いてみた。

「私とヤダルは幼なじみなんですよ」

ミクロムさんがヤダルさんを見る。当の本人は腹が膨れすぎて、ゴロンと横になり苦しそうに息をしていた。

「私はこんななりだから馬鹿にされることも多いんです」

「えっ！　ミクロムさんこんなにカッコイイのに馬鹿にされるの？」

自分を卑下《ひげ》するように笑うミクロムさんに、私は信じられないと驚いた。彼は線が細くて儚《はかな》げな雰囲気のする中性的な美人さんだ。

「ふふ、ありがとうございます。冒険者はヤダルみたく、逞《たくま》しいほうが頼りになりますからね」

気にしてないのか穏やかに笑っている。

「えー！　そんなこと言う人は怒《おこ》ですね！」

酷いことを言う人がいるもんだとプンプンしていると、

「おこ?」

彼は首を傾げて聞いてくる。

「怒っちゃうってことです！ セバスさんみたく説教です！」

眉を上げて説明すると、それは怖そうだと笑ってくれた。

「でもいいんですよ、言いたい人には言わせておけば。それに……私の代わりにいつもヤダルが怒ってくれましたから」

ミクロムさんは穏やかに双眸《そうぼう》を緩めて、寝ているヤダルさんを見つめる。

彼の眼差しに、私も不思議と優しい気持ちになっていく。ミクロムさんの視線を追ってヤダルさんを見ると、お腹を抱えて倒れていた……

なんか締まらないんだよね。

「僕は後からこの二人に誘われて入ったんだ」

今度はアークさんが話し出した。

「僕もチビで頼りないから、誰もパーティに入れてくれなくてね」

「えー！ あんなに、弓が上手いのに？」

「だけどこの体だろ、力が足りないのさ」

驚く私に、腕を見せてくれる。確かに華奢《きゃしゃ》な感じがするが、弓の技術は凄いものだった。

「だけど、さっきのアドバイスでミノタウロスを一発で仕留めることができたよ！」

彼が言っているのは、弓に雷を纏《まと》わせて射るようシルバに言われて伝えた件だ。でも、あれは本当に伝えただけなので、私がお礼を言われるのは違う気がする。

「本当に……ミヅキちゃんありがとう」

すると、二人は急に頭を下げてお礼を言ってきた。

私は慌てて首を横に振り、シルバのおかげだと言うが、それでもありがとうと笑っている。

「私達は技に威力がなくて、なかなか魔物を一発で仕留められなかったんですよ」

ミクロムさんが悔しそうに己の拳を見つめる。

「ああ、いつもヤダルに頼ってばかりでな」

「これで少しは恩が返せますね」

ミクロムさんとアークさんが目線を合わせて、力強く頷き合う。

そんな二人の思いに気付かないまま、ヤダルさんは食べすぎて動けず、うーんうーんとお腹を抱えて唸《うな》っていた。

――数十分後。ようやくヤダルさんのお腹が落ち着き、動き出せるようになった。

「皆、すまん。ミヅキちゃんのご飯が美味《うま》すぎて食べすぎちゃったよ」

恥ずかしそうに頭をかくヤダルさん。

「まったく、ヤダルは調子に乗りすぎですよ」

「ミヅキちゃんに、大好きって言われて浮かれたんだよな～」

先程褒《ほ》めていた時とは違い、ミクロムさんが呆れた調子で窘《たしな》める。続いてアークさんがニヤニヤと笑いながらからかった。

二人からの視線を受け、「うるさいっ」とヤダルさんがきまり悪そうにしている。

そんな三人を、私はいいチームだなぁ……と微笑ましく見つめていた。

十分に休息を取ったので、またミノタウロスを探しに森に入ることにした。

「次はミヅキも戦ってみろ」

まだ一匹も仕留めていない私にヤダルさんが声をかける。

【ミヅキがやるのか？】

シルバが心配そうに聞いてきた。

【うん。そうしようと思ってたけど、シルバ戦いたい？】

【ミノタウロスか……そんなに手応えないしな】

シルバが悩んでいると、シンクがパタパタと飛び上がって目の前で羽ばたく。そして、シルバの頭にとまった。
【僕、やりたい！】
バッ！　と羽を広げてアピールする。
【シンクがやるの？　大丈夫？】
心配だ。だってシンクとミノタウロスでは、大きさが全然違うのだ。
【ミノタウロスぐらいあっさり丸焦げにするよー】
火魔法が得意なシンクが自信満々に答える。
【シンク……丸焦げは駄目だよ。お肉を持って帰るんだから】
私が苦笑すると、
【そっかー。じゃあ、頭だけ燃やしてみるのは？】
と言う。それなら大丈夫だと、私はシンクに任せることにした。
それからヤダルさんに近づいて、声をかける。
「私のほうはシンクが攻撃します！」
いきなりだと驚くと思うので、皆には前もって報告しておく。
「その鳥も戦えるのか？」
「えーっと……火魔法が少し使えるんですよ」

ヤダルさんがシンクを見ながら驚いている。私は視線を斜め上に向けながら、少々言葉を濁《にご》して答えた。うん、嘘はついていない。

「流石《さすが》にミヅキの周りにいるのは優秀だな！」

感心しているので、どうやら信じてくれたようだ。そして、私の隣で佇《たたず》むシルバに視線をやる。

「まぁ危なくなったら俺達がいるし、その従魔がいるからな」

「はい。シルバはとっても頼りになるんです！」

私はシルバを褒《ほ》められて嬉しくなり、その体を思いっきり撫《な》でた。

ミノタウロスを探して更に森の中を進んでいくと、シルバの足が止まった。

【いた】

ヤダルさんも気が付いたようで、静かに手を上げる。それを合図に皆で身を屈《かが》めた。

前方ではミノタウロスがウロウロしている。数は六体。

ヤダルさんがミノタウロスを眺めながら、眉を顰《ひそ》める。

「少し多いな」

「僕とミクロムで三体いくよ」

アークさんが言うと、ミクロムさんも同意するように頷いた。

自信満々の二人を見て、ヤダルさんも無言で首肯《しゅこう》する。

「じゃ一体がシンクで、もう一体をシルバに攻撃してもらいます」

私が三人を見ながら小さく呟くと、ヤダルさんがシルバに「頼んだぞ」と言って頭を下げた。

シルバが頷くのを確認してから、指で担当するミノタウロスを指示する。

「行くぞ」

そう短く告げて、ヤダルさんが飛び出していった。後に続いて、皆一斉に攻撃を開始する。

アークさんが弓を次々に射って、ミクロムさんが器用にその弓に魔法を纏《まと》わせる。

今日初めて試みた技とは思えぬほど、息ぴったりだった。まるでずっとこうやって戦ってきたかのようだ。

二人に見惚れてばかりもいられない。私も攻撃を始めよう！

私は自分達が仕留める予定のミノタウロスを見遣る。

【シンク、あのミノタウロスに火魔法だよ！】

早速、指示を出した。

【りょうかーい！】

シンクが緊張感のない声をあげながら、空に向かって羽ばたく。そして、ミノタウロスに目がけて魔法を放った。

【炎刃】

炎の刃がミノタウロスの首をあっさりとはねた。

首と頭が離れたのに血が一切出ない。見ると、ジュッと音を立て傷口が焼けて塞《ふさ》がっていた。

胴体の側では、地面に転がる頭が燃えている……本当に一瞬の出来事だった。

【シンク、すごーい！】

私が褒《ほ》めると、シンクはパタパタと嬉しそうに頭の上を飛び回っている。

【風刃】

間を置かずして、シルバも軽くミノタウロスを倒した。褒《ほ》めてとばかりに私の前でお座りをする。

その行動が可愛くて、沢山褒《ほ》めて、頭をガシガシと撫《な》で回した。

【流石《さすが》、シルバだね！】

ヤダルさん達も難なくミノタウロスを倒していた。

「おっ！　皆、凄いな。えっ……このミノタウロスどうしたんだ？」

ヤダルさんの声に、シンクが倒したミノタウロスの周囲に皆が集まる。

「どんな高温で焼いたんだ……」

皆戸惑った表情で、未だ燃え続ける頭と、焼き切れた傷口を眺めている。

……あれ？　まさかシンク、やらかした？

「えっと……なんか張り切っちゃったみたいです！」

無理やり言い訳をする。ヤダルさん達は凄いなと驚いていた。

うーん、まだ威力が強いのかな……要注意だな！

それから、倒したミノタウロスを皆が解体してくれるのを見ていた。しかし、皆、子供が見るものではないと判断したのか、あっちに行ってなさいと言われてしまった。

ちょっと解体するとこ見たかったのになぁ……

諦めきれず、もう一回頼んでみる。けれど、ベイカーさん達に怒られるから見るなと断られた。

あの二人怒ると怖いもんね……

私は素直に頷き、その場から少し離れた。

収納魔法にミノタウロスをしまうと、帰るかとヤダルさんが声をかける。

私達は頷き返し、来た道を走って戻った。

「アークさんの弓カッコイイですねー、私もできるかな？」

帰り際、シルバに乗っていて暇な私はアークさんに話しかける。

「僕でよければ教えるよ」

笑顔で答えてくれる。本当に⁉

喜ぶ私にアークさんが目を細める。すると、今度はヤダルさんも話に加わってきた。

「ミヅキ、俺も剣を教えようか？」

「うーん、剣はベイカーさんがいるからなぁ～」

それに剣の使用は、まだ早いからとベイカーさんとセバスさんに止められていた。

「あー……そうか、あの別格な人がいたなぁ」

ヤダルさんが残念がっている。

「ふふふ、また一緒に依頼受けてくださいね」

そうお願いすると、「もちろんだ！」と三人が最高の笑顔で返してくれた。

私は嬉しくなって、シルバの上で万歳をする。

それから「絶対ですよ！」と何度も念を押したのだった。

ギルドに戻ってくると、また裏に回って、ミノタウロスを解体室に持っていく。

「もう解体してあるけど……これからどうするんですか？」

ベネットさんの時とは違い、三人はすでに自分で解体している。疑問に思っていると、ヤダルさんが優しく説明してくれた。

「自分で解体すれば解体料が取られないんだ」

ほぉー解体料が取られるんだ！

まぁそうだよね。解体してる人達、大変そうだもん。流石《さすが》にタダでやるには重労働すぎるよね。

「はーい。じゃ、ここに出してくださーい」

この前と同じように、アレクさんが台を指さす。

「あれ？　ミヅキちゃんまた依頼に行ったの？」

ミノタウロスを台に出していると、アレクさんに声をかけられる。

「はい！　お金が必要なんで、頑張ってます！」

ふん！　と気合いを入れて、腕に力こぶを作ってみせる。

「ふふふ、じゃ解体を覚えてみるかい？」

アレクさんが私の力こぶを見て、笑いながら聞いてくる。思わぬ提案に期待を込めて彼を見上げた。

「えっ！　いいんですか？」

「ダメダメ！　ミヅキになに物騒《ぶっそう》なこと教えようとしてるんだ！」

慌ててヤダルさんが間に割り込んできた。

「アレク、まずいよ！　ベイカーさんとセバスさんにでも知られたら……」

ミクロムさんまで反対して、怯《おび》えるように周りをキョロキョロと確認している。

「えっ！　あの二人が関わってんの？　じゃあ無理だな……」

アレクさんもさっと青ざめて周りを窺《うかが》う。

あの二人、どんだけ恐れられてんだ。この調子じゃ教えてもらえそうもないな……

悄然《しょうぜん》と肩を落とすと、

「じゃあ、俺が教えてやる……」

物静かなユゲルさんが声をかけてきた。

「解体は大事な技術だ。覚えておいて損はない」

ユゲルさん！　か、かっこいい～！　背中で語るタイプの職人って感じで素敵だ！

私はキラキラした眼差しでユゲルさんを見つめる。

「なんかミヅキ、ユゲルさんのことすっごい見つめてないか？」

「ああ、あの目はやばいな」

ヤダルさんとアレクさんがなにやらボソボソと話している。

私は二人に構わずに、「次はお願いします」とユゲルさんに声をかけて解体室を出た。

ルンルンルンとスキップしながら、依頼書を出しにギルドの受付に向かう。ヤダルさんが書類を出すと、奥から報酬《ほうしゅう》を持ってフレイシアさんが戻ってきた。

「よし、分けるぞ」

テーブルに集まり、ヤダルさんが報酬《ほうしゅう》を分けていく。『轟音《ごうおん》の雷鳴』もキッチリ四等分してくれるようだ。

「ありがとうございます」

「そういや、ミヅキちゃんはなんでお金を貯めてるの？」

しっかりと報酬《ほうしゅう》を受け取った後、アークさんが質問してきた。

今度王都へ行くためにお金を貯めていることを伝えていた、その時——

「ミヅキ……王都に行くのか？」

後ろから呆然とした声がした。知った声に振り返ると、コジローさんがショックを受けた様子で立ち尽くしている。

「コジローさん、ベイカーさんから聞いてないの？」

「いつからだ？」

私の問いに、コジローさんは首を横に振った。それから嫌に真剣な顔で聞いてきた。

「あと多分……二、三日で行くと思います」

王都に行く日を想像し、楽しみだなぁと笑って答える。しかし、コジローさんはなにやら考え込んでしまった。

「コジローさん？」

どうしたのだろうと不思議に思い、側まで行って服を引っ張るが反応しない。そのまま彼は、ふらふらとギルドを出ていってしまった。

「コジローさん、どうしたんだろ？」

明らかに様子がおかしかった。コジローさんを心配して、皆に聞いてみる。

「あー……多分、ミヅキちゃんが王都に行っちゃうのがショックなんじゃないのかな？」

ヤダルさんが苦笑して教えてくれる。

えっ？　だって一ヶ月だけだよ⁉

「もしかしたら勘違いしてるかもな！」

ヤダルさんの言葉に、他の二人がうんうんと頷いている。

私は心配になりコジローさんを追いかけることにした。

「『轟音《ごうおん》の雷鳴』の皆さん、今日はありがとうございました！　また、王都から帰ってきたら依頼に行きましょうね！」

ペコッと頭を下げる。

「気をつけてね」

「元気に帰ってこいよ」

「変な奴に捕まるなよ！」

ミクロムさん、アークさん、ヤダルさんが返事をくれる。

「うん！」

またねーと元気よく手を振り、私はギルドを後にした。

【シルバ！　コジローさんどっちに行ったか分かる？】

シルバは頷いて、私が乗りやすいように屈《かが》んでくれる。急いでシルバに乗って背中にしがみつくと、コジローさんの後を追いかけてもらった。

走り出してすぐ、コジローさんの背中が見えた！

「コジローさ～ん」

私が叫ぶと、コジローさんはハッとして振り返る。

「コジローさん、待って！　話を聞いて！」

シルバの上からジャンプをして、コジローさんに向かってドーンッと突進した。

コジローさんはよろけることなく、しっかりと受け止めてくれる。それからそっと地面に下ろした。

「コジローさん、あのね、王都には一ヶ月間だけ行くんだよ！　ちゃんと私はここに帰ってくるよ！」

そう言うと、コジローさんは驚いた顔をしている。

やっぱり勘違いしてたんだ。

「そうか……よかった」

ほっとしたように笑うコジローさん。けれど、また思案顔になり、私の目をじっと見つめる。

「今回、ミヅキが王都に行くと聞いてちょっと考えたんだ。俺は里に帰ろうと思う」

えっ……里に帰る？

今度は私がショックを受けた。

今まで当たり前のように側にいてくれたコジローさんが、いなくなる……会えなくなる？

気が付くと、私の目からポロッと涙が頬を伝ってこぼれ落ちていた。

ポロポロポロ。一度出た涙が止まらない。

突如、声もなく泣き始めた私に、コジローさんがギョッとしている。慌てて私の顔を覗き込んだ。

「ミヅキ！　どうした？　どこか痛いのか？」

「こ、こじろうさん、こ、ここがいたいっ！」

しゃくりあげながら胸を押さえる。

コジローさんは私を抱き上げると、シルバを見た。

【シルバさん大変です！　ミヅキが胸が痛いと！】

【落ち着け、ミヅキ。ゆっくり呼吸するんだ】

シルバが優しく語りかけてくれるが、上手くいかない。苦しくてコジローさんの服にしがみつき、更に泣き出してしまう。

悲しい気持ちと寂《さび》しい気持ちが溢れ出し、涙が止まらない。

【とりあえず、家に行こう。ベイカーに見せるんだ！】

シルバが乗れと背中を見せる。コジローさんは私を抱きしめたまま、シルバの背に飛び乗った。

「ベイカーさん！」

コジローさんはノックもせずに家に飛び込んだ。

「な、なんだ！」

ソファーでくつろいでいたベイカーさんは驚いて、座面から転げ落ちる。そして、コジローさんの胸にいる私に気が付いた。

「ミヅキ！　どうした？」

ただごとではないと側に駆け寄り、コジローさんに説明を求めた。

「話していたら急に泣き出して、胸が痛いと！」

「なに！」

ベイカーさんが私を抱き寄せようとするが、私はギュッとコジローさんの服を掴んだまま離れない。

今離したらもう会えなくなる……そんな気がしていた。

【シンク、ミヅキに回復魔法をかけろ！】

シルバがシンクを見た。コジローさんも一緒にシンクのほうを向く。

「シンクが回復魔法をかけます！」

コジローさんがベイカーさんに説明すると、シンクに望みを託《たく》した。

【ミヅキ！】

シンクの呼ぶ声と共に、その温もりが体に染み渡る。呼吸が落ち着き、肩の力が抜けた。

「『ミヅキ？』」

優しく声をかけられると、トロンとした目で二人を見つめる。とても眠い……

「どうした？　どこかまだ痛いか？」

「むねがいたい……こじろうさん、いっちゃうの……やだ……」

ベイカーさんの問いかけに、胸に溢れる苦しさが言葉になってこぼれ落ちる。

そして、意識が遠くなった。

◆

「なんなんだ？　コジローが行っちゃうのやだ？」

俺はミヅキの言葉を反芻《はんすう》して、コジローを見る。

「さっき里に帰ろうと思うと言ったんです。しばらく帰っていないので、王都に行くついでに寄ろうかと……」

コジローが思い当たるのはそのくらいだと言うが、俺は意味が分からなかった。

「それだけで、なんでミヅキが泣いたんだ？」

二人は顔を見合わせ、首を傾げた。

ミヅキが起きる前に、リリアンさんとセバスさんを呼んだ。二人は心の機微に聡《さと》いので一番、適任に思えたからだ。

二人に事情を説明すると……

「「はぁー」」

盛大なため息をつかれる。

「ミヅキちゃんはきっと、コジローさんが遠くに行っちゃうと思って、パニックになっちゃったんじゃないかしら」

「多分そうでしょう。ミヅキさんは大人っぽいですが、たまに凄く年相応の反応をしますからね」

リリアンさんが心配そうに、寝ているミヅキの赤くなった頬を撫《な》でる。それからセバスさんも沈痛な面持ちで続けた。

「そうか……オレの言葉が足りずに泣かせてしまったんだな」

コジローが申し訳なさそうにミヅキの頭を撫《な》でた。

「ミヅキさんは特に人との繋がりに敏感です。ベイカーさんが少しいないだけで不安な顔をする時がよくありました」

そうなのか？

初めて聞く事実に目を見張る。いつもほっといてと怒られていたのに、まさかミヅキが不安に思っていたなんて……

「そうね。抱きしめてあげると、どこか悲しそうな、懐かしそうな顔をする時があるわ。記憶がなくとも体が覚えているのかもしれない」

リリアンさんも思い当たることがあるのか、頷いている。

「ガウ！」

すると、ずっとミヅキの側にいたシルバが反応した。

「ミヅキが起きるそうです！」

コジローが皆にシルバの言葉を伝えると、ミヅキが起きるのを待つ。

少しして、目をごしごしと擦《こす》りながら、ミヅキがのそっと起き上がる。

「ミヅキ、大丈夫か？」

まだボーッとしているようだ。恐る恐るミヅキに声をかける。

「あれ？　なんで家にいるの？」

ミヅキが皆に囲まれて、びっくりしている。それからキョロキョロと周りを確認した。

「ミヅキ、覚えてないのか？」

「えっ？」

皆の顔を一人一人見ていくミヅキ。セバスさんにリリアンさん、そしてコジローに視線を巡らせると……

「コジローさん！　遠くに行っちゃうの？」

コジローを見て思い出したのか、不安げな顔でコジローの服を掴んだ。

「いや！　行かないよ！」

コジローが焦って否定すると、ミヅキはホッとして床に座り込んでしまった。

「よかった……」

心の底から安堵《あんど》している。

「言葉が足りなくてすまない。ミヅキが王都に行くなら一緒に行って、ついでに里にも一度帰ろうと思ってな」

今度はしっかりとコジローが説明する。

パァーッとミヅキの顔が明るくなった。

「コジローさんも王都に行くの？　それで生まれた里にも？」

確かめるように聞き返すと、そうだよと優しい顔でコジローが頷く。

「コジローさんの里！　行ってみたい！」

ミヅキは先程泣いたことなどすっかり忘れて、喜んで飛びはねている。

「ベイカーさん、後で話があります」

ボソッとセバスさんが声をかけてくる。

明るく笑うミヅキとは裏腹に、俺とセバスさんの顔は晴れなかった……俺はミヅキに見えないように無言で頷いた。


夜になりミヅキが寝静まった後、俺はシルバに声をかけた。

「ちょっとギルドに行ってくる、ミヅキのことを頼むな。なにかあったら急いで戻るから遠吠えでもしてくれ」

ミヅキを起こさないように小声で言う。シルバが分かったとでも言うように尻尾を一回揺らした。

俺はそれを肯定と受け止めて、そっと扉を閉めた。

ギルドに到着し、真っ直ぐギルマスの部屋に向かう。扉を叩くとセバスさんがすぐに開けてくれた。

「ベイカーさん、どうぞ」

待っていましたと部屋へ促す。

「ミヅキのことだよな？」

部屋に入るなり真っ先に尋ねる。セバスさんは神妙な面持ちで頷いた。

「私は今日、ミヅキさんがパニックを起こした時の状況を見ていませんが、あの後目覚めたミヅキさんはいつもの様子に見えました。でも、それなら私達を呼びつけることなどしませんよね？」

俺の顔をじっと見つめる。

「ああ、その前のミヅキはいつもと全然違った……震えながらボロボロと涙を流して、凄い力でコジローにしがみついていた……シンクが回復魔法をかけるとようやく落ち着いたんだ」

あの時のことを思い出すと、今でも胸が痛くなる。

「あの時のミヅキは……痛々しくて見ていられなかった」

もう見たくないし、思い出したくもない。俺は目の裏に浮かぶミヅキの泣き顔を追い出すように、ギュッと拳を握った。

「ミヅキさんは、大切な人との別れや傷つく姿、虐《しいた》げられることなどに、特に過敏に反応しませんか？」

セバスさんに言われる。心当たりは有り余るほどにあり、俺は首肯《しゅこう》した。

「そういう場面になると、自分の命を顧《かえり》みず行動するな」

「もしかしたら、ミヅキさんの記憶のないところに、この行動の意味があるのかもしれません」

セバスさんは瞳に憂色を浮かべる。

「しっかりしているようでも、まだまだ子供だからな」

俺はわざと明るい声を出した。

「ミヅキの過去になにがあったとしても、俺達はそれを受け入れてやるだけだ」

「もちろんです。たとえこの先、あの子の身内が現れたとしても譲《ゆず》る気はありません」

セバスさんがニッコリ笑い、邪悪なオーラを醸《かも》し出す。

「ああ、なにがあろうと俺達で守ってやろう」

俺はミヅキの笑顔を思い浮かべた。心の中が、泉のように温かな気持ちで満たされる。

「それに、怖い守護者もいるしな！」

「ええ、恐ろしく頼もしい聖獣ですね」

いつもミヅキの横に鎮座するシルバとシンクを思い出し、俺達は小さく噴き出した。

それから真剣な顔で頷き合い、コツンと拳と拳を重ね合わせた。

九　安心する場所

【ミヅキ、おはよう】

目が覚めると、真っ先にシルバとシンクが柔らかく声をかけてくる。私は眠い体をモゾモゾと動かし起き上がった。

シルバの体に顔を擦《す》り寄せ「うー」と唸《うな》る。

【ミヅキ、大丈夫か？】

シルバが鼻先で私の首元を嗅《か》ぐ。シンクは私の脇をクチバシで優しく突《つつ》いた。

「ひゃっ！」

くすぐったくて、私は素《す》っ頓狂《とんきょう》な声をあげながら飛び上がった。すると……

――バンッ！

ベイカーさんが扉を壊しながら部屋に駆け込んできた！

「ミヅキ！　どうしたー！」

「ベイカーさん、おはよぉー」

私はのんびりと挨拶《あいさつ》をする。すると、ヒョイッと抱き上げられた。

突然のことにびっくりして、目を瞬《しばた》かせる。ベイカーさんは私の顔を眺めていたかと思うと、泣き出しそうに顔を歪《ゆが》め、急にギュッと抱きしめた。

……な、なんだ？

「ベイカーさん？　どうしたの？」

ベイカーさんの背中をトントンと叩く。

なんだかとっても不安そうにしてるから……

「変な声出すな！　心配するだろ！」

抱きしめられながら怒られた。

なんだか今日は、シルバもシンクもベイカーさんもやけに近い。変なの……

心配そうにこちらを見る三人を不思議に思った。

大丈夫だからと何度も宥《なだ》めて、ようやく下ろしてもらい服を着替える。そのままキッチンに向かった。

「ミヅキ、体調は平気なのか？」

「全然平気！　ベイカーさん、心配しすぎだよ！」

まだベイカーさんが心配している。私は腕を振り上げて、元気なことをアピールした。

「昨日のこと……覚えてないのか？」

すると、ベイカーさんが真剣な顔で尋ねてくる。

昨日？　コジローさんが遠くに行っちゃうと思って、泣いちゃったことかな？

確かに……あの時のこと、あんまり覚えてない……

「昨日、泣いちゃったこと？」

聞くと、ベイカーさんが「ああ」と頷く。

「あんまり覚えてない……そんなに迷惑かけちゃった？」

あまりに心配され、不安になり聞いてみる。

「いや……ミヅキが大丈夫ならいいんだ！」

ベイカーさんは誤魔化《ごまか》すように笑った。その態度から、ますます自分の行動が気になりシルバに尋ねる。

【シルバ、昨日私泣いた後どうしたの？】

【コジローが泣き出したミヅキを連れて、ベイカーのところに連れていったんだ】

そう言われるがやはり覚えてない。

【えっ、そうなんだ……確かに悲しくなって泣いちゃった気がする……でも、その後はただ悲しくて……気が付くと寝てて。皆が起こしてくれたよね】

下を向き、昨日の行動を思い返した。

【そうか……まぁコジローのことが勘違いでよかったな】

シルバ、今、話を変えた？

【うん……そうだね！　あれは勘違いでよかった！】

【大丈夫だ、皆ずっと側にいる。俺とシンクは絶対だ！】

【そうだよ！】

シンクが私の肩に乗り、頬に擦《す》り寄った。

【うん……ありがとう】

私が笑うと、シルバもようやく笑顔を見せた。

「さぁ！　王都に行くまであと少しだぞ！　用意はできてるのか？」

ベイカーさんが腰に手を当てて、尋ねてくる。

「うん！　もういつでも行けるよ！」

依頼を受けたおかげでお金も貯まったしね。

それから朝食を済ませた後、今日は皆に王都に発《た》つ挨拶《あいさつ》に行こうとベイカーさんが立ち上がる。

まずはギルドに向かい、ディムロスさんとセバスさんに挨拶《あいさつ》をする。

「ディムロスじいちゃん、セバスさん、ちょっとの間王都に行ってくるね！」

「寂《さび》しくなるな、気をつけろよ！」

笑顔で言う私に、ディムロスさんがガシガシと頭を撫《な》でてくれる。その顔は本当に寂《さび》しそうだ。

「ミヅキさん、無理をしたら……分かってますね」

「――っ！　はい！」

セバスさんが恐ろしげにニッコリ笑う。私は急いで敬礼して、背筋を正した。すると彼はふっと表情を和《やわ》らげ、優しく頭を撫《な》でてくれた。

ギルドの皆にも挨拶《あいさつ》をして、服屋のお姉さんのところに向かう。

「ミヅキちゃん、髪飾りいくつか持ってって～」

早速あの後作ってくれたようで、髪飾りを手渡された。

頑張ってね～と言われ、苦笑して受け取る。売れなかったらごめんね。

屋台《やたい》のおっちゃんにも挨拶《あいさつ》をすると、王都の流行《はや》りを見てきてくれと頼まれる。

コジローさんの家にも寄ったが留守だった……まぁ一緒に行くから大丈夫かな？

他にも顔見知りになったお店の人達に挨拶《あいさつ》をして、最後にドラゴン亭にやってきた。

「こんにちはー」

お店のドアを開けると、リリアンさんが出迎えてくれる。

会うなりギュッと大きなお胸に押しつぶされた。

「ミヅキちゃん、王都に行くの無理してない？」

心配そうに顔を覗き込まれる。何度もされた同じ質問に、私は笑いながら首を横に振った。

「ううん。ベイカーさんもいるし、コジローさんも来てくれるんだって！　シルバもシンクも一緒だし、リリアンさん達もいるもん。楽しみになってきたよ！」

今の気持ちを教えると、ならよかったと喜んでくれる。

「お店のことは気にしないで、嫌になったら帰っていいからね！」

帰っていいと言われても……でも……

「何日かお休みは貰えますか？」

尋ねてみると、リリアンさんはもちろんと頷いた。

「コジローさんが生まれ故郷に行くそうなので、コジローさんがよければついていきたいと思って……」

そう話すと、お店はあくまでルンバさんとリリアンさんがメインなのだから、最低限お手伝いしてくれれば、後は好きなようにしていいんだと言ってくれた。

そうは言ってもお店だって沢山手伝いたい！　二人の役に立ちたいし！

でも、これで許可は貰えた。後はコジローさんについていっていいか聞かないと……

リリアンさん達に、王都には明日か明後日に出発すると言われる。

お店の片付けが少し残っているそうなので、それが終わり次第行くそうだ。

「いつでも行けるようにしときますね！」

私は手を振ってお店を出た。

さて、コジローさんはどこかな？　明日か明後日に発《た》つ連絡と、故郷についていっていいか聞かないと！

ベイカーさんはギルドにもう一度戻るそうなので、シルバ達とまたコジローさんの家に向かった。

「コジローさーん」

木の上に建つ彼の家に向かって声をかける。ガタッ！　と扉が勢いよく開いた。

「ミヅキ！」

コジローさんが飛び出してきた。

おっ、おう！

私はびっくりして一歩下がったが、バッと抱きしめられ、あっさり捕まる。

今日は皆、よく抱きつくなぁ……

「ミヅキ、大丈夫か？」

矯《た》めつ眇《すが》めつ顔を眺められ、今日何度もした返事をする。「はいっ」と苦笑すると、ようやくコジローさんの腕の力が緩んだ。

それから明日か明後日には王都に向かうことを伝える。彼は今受けている依頼があるため、一緒に行くのは無理かもしれないと寂《さび》しそうな目をする。……そっかー。

残念に思うが、必ずその後王都に向かうからと必死に言われて、待ってますと笑って答えると、コジローさんも安堵《あんど》していた。

「あっ！　そうだコジローさん、里に帰る時一緒についていってもいいですか？」

肝心なことを思い出し聞くと、コジローさんがびっくりして固まった。

あれ？　流石《さすが》に実家に行くのは駄目だったかな？

残念だとシュンと肩を落とすと、

「嬉しい！　ミヅキにオレの家族に会ってほしい！」

今までになく嬉しそうにしてくれる。

【シルバさん達も是非来てください！　里の皆が喜びます！】

【あ、ああ】

コジローさんにしては珍しく、興奮していた。

シルバもコジローさんの勢いに若干引いている。

「あっ！　そうだ、コジローさんの里にはお米とかあるの？　あとあと、醤油《しょうゆ》とか味噌《みそ》とか！」

今度は私が前のめりになる！　でも聞いておきたい重要事項だ！

「……こめ？　ちょっと分からないな。だけど醤油《しょうゆ》と味噌《みそ》は聞いたことがある。里にはしばらく帰ってないから、どうなっているか分からないが……」

コジローさんは眉尻を下げて考え込んだ。

やった！　やっぱりあった、醤油《しょうゆ》があれば色んな料理ができる。醤油《しょうゆ》と味噌《みそ》があるなら大豆があるはず……

まだ見ぬ醤油《しょうゆ》に期待し、レシピをいろいろ考えているとコジローさんに顔を覗き込まれた。

「ミヅキ？　醤油《しょうゆ》と味噌《みそ》がどうかしたのか？」

「それがあれば美味《おい》しい料理が沢山できます！」

鼻息荒く答えると、コジローさんが若干引いてしまった。

「そ、そうか、それは楽しみだな。ミヅキが作るものはどれも美味《おい》しいだろうな」

優しい顔で笑って、嬉しいことを言ってくれる。

よし！　後は米だな！　絶対見つけるぞー！

王都なら、ここでは手に入らない食材も沢山あるかもしれない！

私は気合いを入れた。


その後は、コジローさんに里の話を聞いてますます行くのが楽しみになる。

「里の皆、コジローさんみたいな格好してるんですね！」

身を乗り出して確認すると、コジローさんは苦笑して頷く。

「ああ、ミヅキは本当にこの服が好きだな」

「だってその服、凄くかっこいいもん！」

ギュッと拳を握りしめ、キラキラと目を輝《かがや》かせる。

そんな私をコジローさんはどこか安堵《あんど》するように見つめていた。

今日は皆によくそんな顔をさせる日だ。

「よかった。ミヅキがいつものミヅキに戻ってて……昨日は驚かせてすまなかったな」

申し訳なさそうに頭を撫《な》でるので、怒ったふりをしてコジローさんを軽く睨みつける。

「本当です！　泣いちゃうくらいびっくりしたんだから。この責任はちゃんと里に案内してからとってくださいね！」

「ああ、必ず連れていく。王都での用事が落ち着いたら、一緒に行こうな」

コジローさんは穏やかに笑いながら約束してくれた。

私はなんだか恥ずかしくなり、俯《うつむ》き加減で「うん」と答えた。


また、王都で……

そう約束してコジローさんと別れ、家に帰ろうと歩いていると、道の端でベイカーさんが壁に寄りかかり立っていた。私は彼に気が付くと、急いで駆け寄った。

ドーンと横から思いっきり抱きつこうとする。ベイカーさんはくるっと体の向きを変えて、両手を広げる。

「おかえり」

そして、優しく抱きとめられた。

ちょっとやそっとではビクともしない安心する腕だ。

「ただいま……」

私はベイカーさんをギュッと抱きしめ返した。

「帰るか」

「うん」

ベイカーさんは私を抱いたままゆっくりと家に向かって歩き出す。

いつもなら「ほっといて！」と恥ずかしがって下りたくなるが、今日はなんだか腕の中が心地いい。私は落ちないようにしっかりとベイカーさんに掴まった。

ベイカーさんが穏やかに頬を緩ませながら、私の髪を優しく梳《す》く。

「王都……楽しみだな」

「どんなところなの？」

首を傾げながら聞くと、「あそこはなぁ……」とベイカーさんが王都の話をしてくれた。

私はベイカーさんからの話を聞きながら、まだ見ぬ王都に思いをめぐらせる。

そうしてベイカーさんと二人、家に着くまで楽しいひと時を過ごしたのだった。

十　出発

「ミヅキー、今日の午後には王都に発《た》つそうだぞ！」

ベイカーさんが部屋の中で準備をしていた私に、そう声をかけた。

「はーい！」

私は急いで荷物を収納魔法にしまい、ベイカーさんのもとに向かう。

「もういつでも行けます」

いよいよだ。

興奮して頬が熱い。きっと今、真っ赤に染まっているだろう。

そんな私にベイカーさんは苦笑する。

「じゃあ、ちょっと早いけどドラゴン亭に向かうか？　なにか手伝うことがあるかもしれないしな」

家にいてもソワソワしてしまうので、すぐさまベイカーさんの提案に乗った！

ベイカーさんが、忘れ物がないか聞いてくる。

最終確認をして、大丈夫と答えると家の鍵を閉めた。……鍵あったんだ……

「じゃ行くか！」

二人で並んで歩き出すと、シルバとシンクに声をかけた。

【シルバ、シンク行こ！】

【ミヅキなんだか嬉しそう】

シンクが私の肩に乗って、声を弾ませる。

私はシンクの柔らかい羽を撫《な》でながらウキウキと答える。

【うんっ。よく考えたら初めて違う町に行くなぁと思って！　せっかくの異世界だもんね！　楽しまないと！】

【あんまり浮かれすぎて転ぶなよ】

【はーい】

シルバが浮き立っている私の足元を心配している。

私は息を吐いて落ち着き、シルバを撫《な》でた。

「リリアンさん、ルンバさん、ポルクスさんこんにちはー！　今日からよろしくお願いします」

ドラゴン亭に着くと、荷物を馬車に積み込んでいるルンバさん達に挨拶《あいさつ》をする。

「あれ？　ミヅキちゃん達早いねー！」

リリアンさんが作業をしていた手を止め、こちらに笑顔を向けた。

「へへっ、なにかお手伝いすることありますか？」

「ここの荷物を馬車に載せれば終わりだよ！」

「手伝います！」

荷物を受け取り、馬車で待つポルクスさんにそれを手渡した。

「はい！　ポルクスさん」

「ミヅキ、手伝いありがとな！」

次々と荷物を馬車に載せていく。ベイカーさんの手伝いもあって、作業はあっという間に終わり、いよいよ町を出ることになった。

「よし！　準備はいいね。じゃあ、予定より早いけど行こうか？」

リリアンさんの声に皆、笑顔で頷いた。それを確認すると、彼女はベイカーさんに向き直る。

「じゃ、ベイカーさん今日から王都までよろしくね！」

「ん？　ベイカーさんなにするの？」

「ドラゴン亭の皆と馬車の護衛だよ」

私がキョトンとして尋ねると、ベイカーさんが得意げに胸を張る。

「えっ！　ベイカーさんが護衛するの？」

「ああ。その代わりに王都での滞在費と食事を依頼報酬《ほうしゅう》にしてもらったんだ」

そう言って契約書を見せてくれた。

「A級冒険者に護衛してもらうなんて贅沢《ぜいたく》だよね～。これもミヅキちゃんのおかげかな」

リリアンさんが笑っている。A級冒険者の護衛っていくらぐらいなんだろ……

顎《あご》に手を当てて考えていると、ベイカーさんにひょいと抱きかかえられて馬車に乗せられる。

皆も馬車に乗り込み、中は人でいっぱいになってしまった。

「あっ！　シルバが乗れない！」

シルバが座るスペースがない。慌てて外にいるシルバを見る。

【俺は走ってついていくから平気だ】

それはなんか寂《さび》しいなぁ……

「私もシルバに乗っていこうかな……」

「「駄目！」」

ボソッと呟いたら、皆に一斉に反対された。

そんなに強く言わなくたって……私はしょぼんと肩を落とす。

「ミヅキちゃん！　小さい子が一人で外にいるなんて危ないから駄目っ。いくらシルバくんが頼りになるといっても了承できないわ！」

リリアンさんが腰に手を当てて怒っている。なんかお母さんみたい……

【だって、シルバ……ごめんね】

とはいえ一人にしてしまうのは可哀想だ。眉尻を下げながらシルバに謝る。

しかし、シルバはいい運動になるから気にするなと言って、ペロッと私の頬を舐《な》めた。

「じゃあ行きますよー」

御者をするポルクスさんがこちらに声をかけた。どうやらポルクスさんとルンバさんが交代で御者をするようだ。

馬車を動かし町を出ようとすると、

「ミヅキー！」

馬車の外から私の名前を呼ぶ声がする。

不思議に思って外を覗いたら、ギルドの皆や町の人達が見送りに来ていた。

「ミヅキちゃん、気をつけてねー！」

ベネットさん達、『戦女の剣』の皆が手を振っている。

「ミヅキーまたなー！」

ヤダルさん達、『轟音《ごうおん》の雷鳴』の皆もいる！

「頑張れよー！」

屋台《やたい》のおっちゃん達も商売そっちのけで見送りに来てくれた。

「ミヅキさん、大人しくしてるんですよ！」

「いい子にな！　ルンバ達に迷惑かけるなよ！」

セバスさんやディムロスさんまで……

「ミヅキー！　また、王都でなー！」

コジローさん……王都でまた会えるのに……

皆の顔を見て、胸が熱くなる。

他にも沢山の人が見送りに来てくれた。

私は馬車から身を乗り出して、大きく手を振る。

「いってきまーす！」

◆

「行っちまったな」

ディムロスが遠くに行ってしまった馬車を見ながら、ぽつりとこぼした。

セバスも同じ方向を見つめて、ゆっくり頷く。

「寂《さび》しくなりますね」

つい先程まであった笑顔が消えてしまった。

馬車を見送ると、集まっていた町民達が各々寂《さび》しそうに帰っていく。

そんな中ディムロスとセバスは、馬車が小さくなり、やがて見えなくなっても、しばらくその場に佇《たたず》んでいたのだった。

――その頃。ベイカーさんは馬車の中で御立腹だった……

「あいつらっ、俺にはなんの見送りの言葉もないのか！　見送りなんてしたこともないくせに！」

自分を完全無視していた町の人達にプンプンと怒っている。

そんな彼を尻目に、私は皆から見送られて、ホクホク気分でシンクを撫《な》でていた。

「ふふ、ミヅキちゃんは人気者ね」

リリアンさんが自分のことのように嬉しげに笑っている。

「私達ったら、そんなミヅキちゃんを独り占めしちゃって……帰ってから怖いわね」

大袈裟《おおげさ》だなあ。リリアンさんの冗談に笑ってその顔を見上げる。

「なにか考えておかないと……」

しかし、先程の笑顔から一変、リリアンさんが真剣な面持ちで考え込んでしまった。

えっ？　冗談だよね？

私は困惑してうろたえる。その時、御者台からポルクスさんののんびりとした声が響いてきた。

「とりあえず、俺の村に向かいますね」

ポルクスさんの村には牛乳があるんだよね！　うーん、楽しみだ！

目立たないようにしながら食材を沢山集めよう！

私は皆の陰に隠れて、ニシシと笑う。

美味《おい》しいご飯に優しい従魔。頼もしい保護者に囲まれて、まだまだスローライフ楽しむぞ！

番外編

シルバとデート

私がこの世界に来て間もない、ある日の朝――

今日はベイカーさんが用事で、不在にするということで、シルバとお出かけすることにした。

【デートだね！】

私は嬉しくて思わずシルバにそんなことを言う。

【でーと、とはなんだ？】

しかし、シルバはデートを知らないらしく首を傾げている。なので、好きな人と一緒にお出かけをすることだよと教えてあげた。

【なるほど、じゃあミヅキとどこかに行けば、全部でーとだな】

相変わらずの甘い台詞《せりふ》……

やっぱりイケメンフェンリルは言うことが違うね。

一応ベイカーさんに出かけていいか確認すると、シルバと離れず、危ないところに行かなければいいとのこと。

そんな危ないことなんかしないよと言い張ったが、疑わしげに見られる。なぜか信用されない……

ベイカーさんは、シルバに長々と注意事項を伝えていた。

それからも、一度は了承したものの、やはり心配になったのか、本当に行くのかと何度も尋ねてくる。私が諦めないことに折れて、ベイカーさんは渋々家を出ていった。

さぁ、私達も出発だ！

早速シルバに乗って外に出ることに。

【で、どこに行きたいんだ？　どこへでも連れてってやるぞ】

【うーん。どうしようかな？　なにも考えずに出ちゃったね、シルバの行きたいところはないの？】

【俺はミヅキと一緒ならどこでもいい】

【………………】

マジか、この天然イケメンフェンリルは！　こんな台詞《せりふ》、前世でも男性に言われたことないわ！

シルバの顔を見ると、綺麗な瞳でひたとこちらを見つめてくる。

こうなったらデートの定番、海なんてどうかな！　せっかくだし定番を味わってみたい。

【シルバ、海とかってどう？】

【海か？　行ってなにをするんだ？】

シルバは首を傾げてしまう。確かに世の恋人達は海になにしに行ってるんだ？

前世で恋人と海になんて行ったことないからなぁ……まぁデート自体したこともないが……言ってて悲しくなる。

とりあえず行ってみようと無理やり気分を変えたものの、早速問題が発生した。

近くに海がないとのこと……

【どのくらい遠いの？】

【行って帰ってくるだけなら一日あれば十分だ。ただ、あんまりゆっくりはできないかもしれないが】

そんなに長く海で遊ぶつもりはないので行くことにした。

シルバに掴まってお願いしますと頭を下げる。

【絶対に落としはないが、しっかり掴まっていろよ】

なんかバイクでツーリングの気分！

いざ、出発だ！　シルバが走り出す。

……凄く速い。なのに快適！　ほとんど風圧を感じない。

なぜかと聞くと、シルバが魔法で風を受けないようにしてくれているらしい！　どんだけ私ファーストなんだ！

そんなこんなであっという間に海辺の町に着いた。てっきり半日くらいかかるのかと思っていたが……

【凄く速かったね！　もう着いちゃったよ】

乗せてくれてありがとうという気持ちを込めてシルバを撫《な》でる。シルバは嬉しそうに尻尾を振っていた。

こういうところは、前世で飼っていた犬っぽく見えて可愛い。

シルバから下りて町に入ると、門番にギルドカードを見せる。

テイマーとしてシルバも従魔の登録をしてるから、疑われながらもどうにか通過することができた。

ただ、シルバをよく見ているようにと注意される。暴れたらテイマーである私のせいになるからだ。

まったく、見た目が大きいからって失礼な。シルバはイケメンで紳士なフェンリルなのに！　無駄に暴れることなんてしないのに！

納得がいかずに怒っていると、シルバがペロペロと私の顔を舐《な》めた。

自分のために私が怒っていることを喜んでいるみたいだ。可愛らしい行為に怒りは瞬《また》く間に鎮《しず》まり、代わりに嬉しくなって、私はすぐに機嫌を直した。

そうだよね！　せっかくのデートを楽しまないと！

シルバにまた乗りながら町を探索する。

あっ、お店を発見！　なにやら飲み物を売っているようだ。

側に行って見てみる。果物を搾《しぼ》ったフレッシュジュースみたいだった。

美味《おい》しそうだなと覗き込んでいると、声をかけられる。

「お一ついかが？　一杯、銅貨二枚だよ！」

そう言われて初めて気が付いた……お金がない。

【シルバごめん……お金持ってないや】

致命的なミスだ。いつもベイカーさんが払ってくれるので、お金を持ったことがなかったのだ……

ガッカリしている私にシルバが話しかける。

【ミヅキ、あいつからお金を預かっているぞ】

【えっ？　ベイカーさんから？】

私は驚いて頭を上げ、シルバの顔をまじまじと見つめた。シルバは頷き、首の毛の中に隠れている袋を見ろと言う。

シルバのふわふわの体毛をかき分ける。そこにはひもが引っ掛けられて、ひもの先には袋がついていた。開けてみると、小銀貨と銅貨がそれぞれ数枚ずつ入っている。

――ベイカーさん！　なんて私の周りはできる男が多いんだ！

心の中でベイカーさんに感謝して、ありがたく使わせてもらうことにした。

「にはい、おねがいします」

袋からお金を出して、お店の人にジュースを二杯頼む。

ジュースを受け取ると、道の端に避けてシルバとジュースを飲んだ。

美味《おい》しいが少しぬるい。氷があればなぁと思い、魔法でなんとかできないか挑戦してみる。

水を凍らせるイメージで温度を下げていき、氷の固まりを作ると風魔法でクラッシュ！

出来上がった氷をシルバのジュースにも入れてあげる。冷たくて更に美味《おい》しくなり、あっという間に全部飲み干してしまった。

シルバは体が大きいし、足りなかったかな。

そう思ってもう一杯飲むかと聞くと、彼は大丈夫だと首を横に振る。

なので、自分の残った分をあげようとするが、私が飲めと言われてしまった。

【チッチッチッ！　シルバ、デートでは相手のものを分け合ったりするのは当たり前なんだよ！】

指を振って、偏《かたよ》った知識を披露《ひろう》する。

【そうなのか？　じゃ貰おう。でーとだしな】

シルバが嬉しそうに残りのジュースを飲む。その姿に私もなんだか嬉しくなって、頬を綻《ほころ》ばせた。

ジュースを飲み干したので、次はあのお店に行ってみようと指をさす。

今度は魚の丸焼きを売っているお店だった。串に刺さった魚が炭火であぶられ、香ばしい匂いが周囲に漂《ただよ》っている。

【色んなお魚がある～！】

久しぶりの魚にテンションが上がる！　見たことがない魚から、定番のサバやイワシに似た魚など種類は様々だ。

じっと魚を見つめるシルバに尋ねる。

【シルバはどれにする？】

【どれでもいい。ミヅキが食いたいやつにしろ】

とのこと……まったく私に甘すぎる！　シルバは大きいのがいいかな？

シルバには並んでいる中で一番大きな赤い魚を選び、私はサバに似た魚にした。

お金を払って受け取り、今度は海が見えるよう砂浜で食べることにした。町の外《はず》れに来たので人もあまりいない。

二人で寄り添うように座ってシルバに魚を差し出す。しかし、シルバは鼻先で魚を持つ手を優しく押し返した。

【まずはミヅキが食べていい】

【これはシルバの分だよ】

【でーとは相手のものを分け合うんだろ？　ミヅキに先に食べてほしい】

【…………】

ヤバい！　海に向かって叫び出したい！

私の彼氏（イケメンフェンリル）は最高だと！

そうか！　恋人達はこういう思いをしにここに来るのか！

私は異世界に来てようやく恋人達が海に来る理由を学んだ。

昂《たかぶ》った気持ちを落ち着けて、ふーと息を吐く。

【シルバありがとね、じゃあ先にいただきます】

シルバの赤い魚に一口かぶりつくと、少し甘い味がした。

残りを葉っぱのお皿の上に置いてやり、どうぞと差し出す。シルバは私が食べたことで満足そうに微笑んでいる。

【はい、シルバこっちもどうぞ】

今度は私が自分の魚を差し出した。シルバが驚いた様子で目を丸くする。

【えっ？】

【ふふ、私もシルバに先に食べてもらいたいな】

そう言うと、シルバは尻尾を大きく振り、嬉しそうに小さく一口食べてくれる。

こうして、二人で美味《おい》しいねと言いながら甘いひと時を過ごしたのだった。

家に帰って、ベイカーさんにお土産《みやげ》に買った魚を差し出した。しかし、彼は食べずにじっと魚を見つめている。

「おい。お前達……どこに行ってきたんだ？」

ベイカーさんはこの魚を見たことがないのかな？　確かに町の魚屋さんではあまり見ない種類かもしれない。

「うみー」

元気に答えると、ベイカーさんがガクッと膝《ひざ》から崩れ落ちた。どうしたのかと慌てて駆け寄る。

「なんで……そんな遠くに……」

ブツブツと呟いている。

「普通、片道三日間かけて行く場所を……」

なんだか様子がおかしい……これはなにかまずかったか。

私は恐る恐るベイカーさんの顔色を窺《うかが》う。

「ベイカーさん？」

「あんなに、危ないところに行くなと言っただろ！」

あえて甘えるような声で名前を呼んでみたが、鬼の形相《ぎょうそう》で怒られた。しかもしばらくデートは禁止だと言われてしまった。残念。

まぁ楽しかったから、ベイカーさんの機嫌が戻った後、今度は皆で行きたいな！

番外編

コジローとデート

今日は、待ちに待ったコジローさんとのデート！　忍者とデートなんてどうしよう！

どこに行くのかなと今からワクワクしている。

コジローさんとはギルドで待ち合わせをしていた。

楽しみすぎて少し早く着いてしまったが、彼はもうすでに待っていた。

「すみません、おまたせしました〜」

慌てて駆け寄ろうとすると、コジローさんのほうが走って迎えてくれる。

「大丈夫、待ってない。それより走ると危ないからゆっくりでいい」

優しい言葉をかけられて、会って早々キュンと胸が鳴る。

「どこにいきますか？」

赤くなっているだろう頬を誤魔化《ごまか》すように、口早に尋ねる。

「ミヅキに見せたい場所がある……とても綺麗な水場なんだが……どうだろうか？」

コジローさんが不安そうに聞いてくる。私はもちろん行ってみたいと笑顔で答えた。

コジローさんとならどこに行っても楽しそうだ！

楽しみでキャッキャッとはしゃぐ私を見て、コジローさんは嬉しそうに笑っている。

それからじゃあ行こうと手を差し出されたので、はっしと掴むと、そのまま手を繋いで歩き出した。

手繋ぎデートだ！　慣れないことにソワソワしてしまう。

そんな私に気が付いていないコジローさんに連れられながら、二人で森のほうに歩いていった。

途中、コジローさんが立ち止まると、この辺りに住んでいると教えてくれる。忍者の家なんて、凄く気になる……！

是非、家に行ってみたいと言う。すると、彼はこっちだと案内してくれるが、どんどん森の奥へと歩を進める……

辺りは鬱《うっ》そうと木々が茂《しげ》り、ひと気もなく家があるようには思えなかった。

しばらくして、コジローさんはなんの変哲もない木の前で立ち止まる。

「ここだ」

そう言って、大きな木を指さす。

コジローさん、木に住んでいるのか？

大きな木だが扉がある訳でもなく、普通の木に見える。

木の周りに家があるのかと思い、キョロキョロと視線を巡らせるが見当たらない。すると、コジローさんが微笑み、空に向かって指をさす。

「ふふふ。ミヅキ、上だよ」

指の先を追って視線を上げると、なんと木から家が生えていた！

「わぁ〜！　きのいえだ！」

まるで忍者の隠れ家みたいだ。私は歓声をあげた。

「変じゃないか？」

「すっごい、すてきです！」

心配そうに尋ねてくるコジローさんに、私はぶんぶんと勢いよく首を横に振る。

全然そんなことないっ！　子供の時に誰もが憧れる秘密基地みたい！

でもハシゴもなにもなく、どうやってあんな高いところまで登るのだろう。もしかして木をよじ登って入るのかな？

不思議に思っていると、コジローさんが優しく尋ねてくる。

「家に入ってみるか？」

私があまりにも入りたそうにしていたのだろう……気を使わせてしまった。そうは言っても、是非とも中を見たい。私はお言葉に甘えることにした。

「おねがいします」

頭を下げた次の瞬間、私は彼にひょいとお姫様抱っこされた。コジローさんは間近で私の顔を直視し、掴まっていろと囁《ささや》く。

首に手を回したかったが、手が短くて届きそうにないので、意外と厚い胸板にしがみつく。華奢《きゃしゃ》な見た目に反して、実は筋肉質なようだ。彼の動きに合わせて、服の下でしなやかな筋肉が動く。

……なんかドキドキしちゃうな。

赤くなっているだろう顔を隠したくて下を向くと、

「ミヅキ？　どうした？」

心配されてしまった。優しいコジローさんに気を使わせたくなくて、慌てて返事をする。

「だ、だいじょぶですっ」

裏返った声で返事をしてしまい、コジローさんはパチパチと目を瞬《しばたた》く。そして、更に注意深く私の顔を眺める。

案の定、赤くなっている私の顔を見て、コジローさんは一気に青ざめた。

「ミヅキ！　顔が赤い……もしかして熱があるのか？」

心配されておでこに手を当てられるが、熱などある訳がない。でも、コジローさんがカッコよくて緊張していただけなんて、恥ずかしくて言い出せそうにない。

そんな私の胸中など知る由《よし》もない彼は、更に私との距離を詰めた。ますます私の顔に熱が集まっていくのを感じる。

「熱はなさそうだな……」

ホッとするコジローさんを見て、少し罪悪感が湧く。本当のことを言おうか迷って、腕の中でもじもじと身じろぐ。やがて決心した私は、勇気を出して訳を話した。

「あのね、きゅうにだっこされてはずかしくなったの。びっくりさせてごめんね」

下から覗き込むように謝ると、

「くっ！」

コジローさんは勢いよく横を向き、目を逸らしてしまった。

怒らせちゃった……そりゃそうだよね。心配していた相手が、自分に見惚れて赤くなっていただけなんて……心配して損したって感じだよね。

申し訳なく思って反省していると、コジローさんはふーっと息を吐いて呼吸を落ち着かせている。

「大丈夫だ、病気とかじゃなくてよかった」

そう優しく笑って許してくれた。やっぱり優しいなぁ。コジローさんの優しさを改めて感じ、ますます彼のことを好きになってしまった。

「じゃ、家に上がるぞ！」

いよいよ家に上がろうと、コジローさんが私を抱き直す。私もまたギュッとコジローさんの胸元を掴んだ。

私がしっかり掴まったのを確認して、コジローさんはひょいと軽くジャンプをする。

そして、木の枝を足場にトントンと上に飛び移っていく。

――ニ、ニンジャー！

私はコジローさんの忍者のような動きに大興奮だった。

木の上の家はちゃんと足場があり、玄関の前でそっと気遣うように下ろされる。

「コジローさん、ありがとうございました。とってもたのしかったです！」

頬を赤くして興奮のままに喋《しゃべ》る。

「怖くなかったか？」

喜ぶ私に苦笑しながらも、彼は気を使って声をかけてくれる。

「ぜんぜんっ」

むしろ楽しかった。素直に気持ちを答えると、彼がまたいつでもやってやると嬉しいことを言ってくれた。是非、おねがいします！

「さぁどうぞ。まぁ、楽しいものなんてないが……」

家の中はコジローさんが家の扉を開けてくれたので、早速中に入らせてもらう。

コジローさんらしいシンプルな雰囲気だった。余計なものは一切なく、テーブルと椅子が一脚ずつ。生活感のまったくない室内に少し寂《さび》しさを感じる。

「今、飲み物を出すから座ってくれ」

一脚しかない椅子に座らされる。

「コジローさんは？」

どこに座るのだろうかと思って尋ねる。すると、彼は立ってるから平気だと笑っていた。

「じゃあ、わたしもたってのむ」

コジローさん一人を立たせておくなんてとんでもない。私は椅子から飛び下りる。

だが、彼は私を慌てて抱っこして、また椅子の上に座らせた。

「どうした？」

なぜ私が椅子から下りるのか分からず、戸惑っているのが表情から伝わってくる。

「ひとりでいすにすわってるの、さみしーです。コジローさんといっしょにすわって、いっしょにおちゃをのみたいですっ」

ボソッと呟くと、コジローさんは笑って、

「じゃあ、これならどうだ？」

自分が椅子に座り、その膝《ひざ》に私を乗せた。落ちないように、後ろから逞《たくま》しい腕でしっかりと抱きしめられる。

ふわぁ～！　こ、こういうことじゃない！

「次にミヅキが来るまでに椅子を用意しておく。だから、また遊びに来てくれるか？」

コジローさんは私を抱く腕に力を込め、耳元で囁《ささや》いた。

バッと後ろを振り返ると、コジローさんは不安げにこちらを見つめている。ドキッ。

「あい！　またぜったいきましゅ！」

思わず即答した。コクコクと頷く私を見て、彼は喜色をあらわに破顔する。

それからまたお姫様抱っこで家を出ると、コジローさんは私を地面に下ろさずにそのまま歩き出した。

「コジローさん？　じぶんであるきますよ」

下ろしてほしいと遠回しに頼む。しかし、彼は小さく首を横に振った。

「森の中を歩くからこのまま運ぶよ。ミヅキの足だと大変だからな」

なぜかニコニコと機嫌よさそうに笑っている。

あまりの機嫌のよさに下りたいとも言えず、抱っこされたまま進む。しばらくすると、さらさらと緩やかに流れる川辺に着いた。

「わぁ～きれいねー」

「ああ」

コジローさんは微笑を浮かべながら返事をしてくれたが、その視線は川でなく私に向かっていた。

それからようやく地面に下ろしてもらい、川に近づく。キラキラと光る水面は驚くほどに透き通っていて、川底がはっきりと見えた。

「あっ！　さかな！」

水面がピチャッと波立ったと思ったら、魚が跳ねた。

「はしゃぎすぎて転ぶなよ」

コジローさんは、見つけた魚を追いかけようと走り出そうとした私の手を掴む。そのままこっちだと川上のほうに向かって歩き出した。

コジローさんに手を引かれ水面を見ながら歩いていくと、川上に小さな滝が見えてきた。

忍者に滝なんて素晴らしい！

「たきー！」

私はコジローさんを早く早くと引っ張っていく。滝はゴォーと轟音《ごうおん》を立てて滝つぼに流れ落ち、周囲に水飛沫《みずしぶき》が飛び散る。そのためか、うっすらと虹がかかっていた。

「きれい……」

私はそれだけ言うのが精一杯だった。

飽きることなくずっとその景色を見ていると、

「ここをミヅキと見たかったんだ」

コジローさんの私の手を握りしめる力が少し強くなる。

「ミヅキと会う前はずっとここに一人で来ていた。誰にも会いたくなくてな」

そう言う彼の声がどこか憂《うれ》いを帯びていて、私はハッとコジローさんを見上げた。髪の隙間からチラッと覗く目が寂《さび》しそうに笑う。

「でも、ミヅキに出会って、オレがいいと言ってもらって……やっと周りを見ることができたよ」

穏やかに彼の目が細まっていく。その顔からは先程までの寂《さび》しさが消えていた。

「ミヅキのおかげでやっと気付けた。オレはずっと自分で壁を作って皆を拒絶していたって。オレの周りの人達はずっと手を差し伸べてくれていたって」

「ううん」

私はなにもしていない。思わず首を横に振るが、コジローさんは空いているほうの手で、私の頭を優しく撫《な》でた。

「ミヅキがオレの周りの壁を壊してくれたんだよ」

そう言うと私の前に膝《ひざ》をついた。

「だから、ずっとミヅキにお礼を言いたかったんだ……ありがとう」

手を握られたまま、じっと見つめられる。

「だからミヅキのためになにかしたい、お礼がしたいんだ。なにかオレにできることがあったら言ってほしい」

両手でギユッと手を握りしめられ、彼の瞳がわずかに揺れた。私はコジローさんの手を握り返し、口を開いた。

「じゃあ、ずっとおともだちでいてください。これからもたくさんあそんでください！」

「……」

コジローさんが目を見開き、驚いている。そんなに変なことを言っただろうか？

不思議に思いながらニッコリ笑いかけると、コジローさんの表情がクシャリと崩れた。

「ああ、ずっと一緒だ」

そして、ゆっくりと手の甲にキスを落とされる。
キ、キス！　手の甲にキス⁉
私はコジローさんの思わぬ行動にパニックになり、アワアワとしながら距離を取ろうとする。

だが、コジローさんが手を離してくれない！　それどころかちょっと意地悪な顔で、慌てふためいている私を楽しそうに見つめていた。

寂《さび》しそうにしていたコジローさんの面影は、どこにもなくなっていた。

◆

今日はミヅキからのお誘いで、ギルドで待ち合わせて、一緒に出かけることになっている。

嬉しすぎて朝からソワソワしてしまい、かなり早く待ち合わせ場所に着いてしまった。

しかし、ミヅキが来ると思うと、この待っている時間も楽しいものだった。

少しして待ち合わせの時間よりも早くミヅキが来た。

オレの姿を見つけて走り出そうとするので、こちらから近づく。ミヅキが転んだりしたら大変だ。

待たせてごめんねとすまなそうにするので、思わず待ってないと嘘をついてしまった。

勝手に早く来たのは自分なのだから、ミヅキが謝ることなどないのに……そんなミヅキがやっぱり可愛らしくて、無意識のうちに微笑む。

ミヅキは、恥ずかしそうに視線を泳がせながら話を変える。

どこに行こうかと尋ねられた。その時、ずっと一緒に行きたかったあの滝のことを思い出した。

水場はどうだと提案すると、行きたいと喜んでくれた。

危ないので、ミヅキの小さい手を握って歩き出す。

オレはこの手が大好きだった。小さくてふわふわで温かくて……好きなところなど挙げればキリがない、オレを癒《いや》してくれたこの手が……

幸せな気持ちで歩いていくと、家の近くを通りかかる。話のネタにそのことを伝えたところ、家に行ってみたいとキラキラした顔で言われた。

これまでオレの家には誰も来たことがない。あんなつまらないところに行っても、ミヅキを楽しませることなどできないだろう。

しかし、ミヅキのお願いを断れるはずもない。案内すると、周囲をキョロキョロと見回して、家を探している。その姿が愛らしく、思わず笑ってしまった。

上を見てみろと言うと、あんなつまらない家を見つけてはしゃぎ出すミヅキ。

他の人は木の上にある家を敬遠していたのに、変だと思わないのだろうか……？

だが、オレの心配は杞憂《きゆう》に終わり、ミヅキは素敵だと褒《ほ》めてくれた。その顔には嘘などなくキラキラと輝《かがや》いている。

どうやって家まで登ればいいのか不思議そうにしているので、上がってみるかと聞く。すぐさま行きたいと応《いら》えが返ってきた。

家には足場を使って飛んでいかないと上がれないので、流石《さすが》にミヅキには無理だと思い横抱きにする。しっかりと掴まっていろと言うと、彼女はおずおずと胸元に掴まった。

そして、キュッと縮こまって下を向いてしまう。

どうしたのかと思い顔を覗き込むと、ミヅキの顔が赤くなっていた！

熱でもあったのだろうか。心配になりおでこに触るが熱くはない。どうやら熱はないようだ。

今日はもう家に送り届けようかと思っていた、その時……ミヅキは急にもじもじとして、抱かれたことに恥ずかしくなってしまったのだと白状した。

なんて可愛らしいんだ……こんな可愛い生物がいたなんて。

顔が緩みそうになるのをグッと耐える。

そんなオレの様子にミヅキが慌て出したので、大丈夫だよと笑って答えた。

改めて抱き上げ、家に向かう。

枝を足場に上に登るとミヅキが目に見えて興奮する。

怖くなかったか心配だったが、予想に反して楽しかったとはしゃいでいた。

またやりたいと言うので、いつでもやってやると答える。するとミヅキは約束だと喜んでくれた。

またミヅキとの大切な約束ができたことに、逆にオレのほうが嬉しいくらいだった。


家に入るとなにもない、つまらない空間が広がる。

こんなところに来ても、ミヅキには退屈だろう……やはり断るべきだったたか。

不安になり彼女の様子を窺《うかが》う。

ミヅキはなにやら椅子が気になるようで、ずっとそちらを見ていた。

一脚しかない椅子にミヅキを座らせてやり、飲み物の用意をする。すると、オレがどこに座るのかと聞いてくる。

別に立っていて大丈夫だ。そう伝えたら、自分も立つと言い出して椅子から下りてしまった。

なにか気に障ることでも言ってしまったのだろうか。しかし、話を聞いてみると、一人で座るのは嫌だと言って顔を曇らせる。

オレと一緒に座って飲みたいと……なんて可愛いお願いなんだ。

今まで人を招くことなどなかったので、家具も必要最低限しか用意してなかった。

誰かと飲み物を飲むことも、ご飯を食べることもないと思っていたから……。そんなオレと一緒に飲みたいと言ってくれるミヅキ。

ミヅキを立たせておくことなどできずに、自分が椅子に座り、その膝《ひざ》に彼女を乗せた。

「ふわぁ〜！」と可愛い声が聞こえてくる。

嫌じゃないだろうか……そっと顔色を確認してみるが、嫌そうには見えなかった。

可愛い小さい背中が目に入る。ツヤツヤの黒髪からは太陽みたいないい香りがした。

思わずギュッと抱きしめたくなるが、壊してしまわないように、そして落ちないように、そっと支える。

次までにミヅキのために椅子を用意しておくので、また来てほしいと勇気を出して言ってみる。

間髪《かんはつ》を容《い》れず、望んでいた返事がきた。

またミヅキがここに来てくれる！　ミヅキのための椅子があることを想像すると、この家もよいものに感じられた。

嬉しい約束をした後、家を出て、今度こそ滝を目指す。

早くあの場所にミヅキを連れていきたい。

彼女を抱き上げたまま進んでいると、ミヅキが歩けるよと言って戸惑っている。だが、まだ下ろしたくない……

もっとこの温もりを感じていたくて、森の中を歩くことを言い訳にして下ろさないでいた。ミヅキも諦めたのか、少し困り顔をしながらも、嬉しそうに抱かれたままでいてくれる。ついつい頬が緩んでしまった。

歩を進め、しばらくして川に辿り着いた。ミヅキは川を見て「きれいねー」と笑っている。川よりミヅキの笑顔のほうが透き通っていて綺麗だ。

ミヅキが地面に下りたそうにしている。川辺に近づきたいのだろう。まだこの温もりを離したくなかったが、渋々手放す。

川ではしゃいでる姿も可愛いが、転んでしまっては大変だ。それにもうそろそろ滝を見せたい。

オレはミヅキの手を引いて歩き出す。

目的の滝まで、あと少しだ。


滝が見えてくると、ミヅキがオレより前に出て、早く早くと引っ張ってきた。

こんなに喜んでくれるなんて、連れてきてよかったと改めて思う。

この滝は、いつも一人でいるオレの心を癒《いや》してくれる場所だった。

ミヅキを見るとどこか大人びた表情で滝を眺めている。この瞳に、この場はどう映っているのだろうか……

それにしても、やっとミヅキとここに来られた。オレの大事な居場所だ。

そう思うとつい手に力が入ってしまう。

意を決して、ミヅキと共にこの場に来たかったことを伝えた。

ずっと殻《から》に閉じこもり、一人孤独を抱えて来ていたこの場所に、誰かと来たいと思えるようになった。ミヅキに出会って、オレを選んでもらって、やっと周りを見ることができた。

オレは仲間の裏切りによって、ずっと心を閉ざしてしまっていた。だから、周囲には心配してくれる人も偏見でものを見ない人も沢山いたのに、それに気付けずにいたのだ。そんなオレをミヅキが優しく気付かせてくれたのだ。周りの人達は、ずっとオレに向かって手を差し伸べてくれていたということに。

しかし、ミヅキは、自分はなにもしていないと首を横に振る。

――違う。ミヅキがオレの中にあった分厚い壁を壊してくれたんだ。

オレはミヅキの前に膝《ひざ》をつく。ありがとうと言いながらその小さい手を握りしめた。助けてくれたミヅキのためになにかしたい。お礼がしたい。オレにできることがあったらなんでも言ってほしい。そう言って手を握りしめた。

オレはミヅキからの返事を待つ。

どんな願いだろうと必ず叶えてみせる。

だけど、ミヅキから返ってきた願いは――

「じゃあ、ずっとおともだちでいてください。これからもたくさんあそんでください！」

なんてことはない、些細《ささい》な願いだった。

なにか欲しいと言われるかな。どこかに連れていってほしいとか？　もっと難しい願いでも構わない。そう、思っていたのに……

むしろ彼女の願いはオレの願いだ。オレのほうこそ、ずっと一緒にいたい。

ギュッと心臓が引き絞られるような切なさを覚えながら、ミヅキを見る。彼女はニッコリと笑い、強くオレの手を握り返した。

——敵《かな》わない。

不意に温かなものが胸に込み上げる。オレはミヅキの手を下から掬《すく》い上げ、その甲にキスを落とした。

あなたとずっと一緒にいるという誓いのキスだ。

いつか己の全てを彼女に打ち明けられる時がきたら、この思いを言ってみよう。

その日を思い、オレはミヅキにそっと微笑んだ。

書き下ろし番外編

家族

「ベイカーさん早くー！」

私は仕事終わりにベイカーさんと久しぶりに食事に行くことになり、はしゃいでしまっていた。

「おいおい、ミヅキそんなにはしゃぐと危ないぞ」

ベイカーさんが、後ろを向いて走る私に苦笑している。

【おい！　ミヅキ危ない前！】

シルバの焦った声にくるっと振り返ると、そこには同じように店に入ろうとする男の人がいた。

「え？　あっ！」

パリーン！

ぶつかった時、男の人は首にかけようとしていたネックレスを落としてしまった。

ネックレスにはチャームがついていて、それは落ちると音を立てて割れた。

「「あっ！」」

壊れたチャームを見て、男の人と私は同時に叫んだ！

「ご、ごめんなさい！」

「あー！　なんてことだ！」

男の人は慌ててネックレスを拾うが、それは修復不可能に見えた。

ガックリと落ち込む男の人に申し訳なくて、もう一度謝った。

「すみませんでした……あの、弁償しますので」

男の人にそう言うと、しゃがみこんでいた男の人は顔を上げてこちらを見た。

「おいミヅキどうした？　この人となんかあったのか？」

ベイカーさんが、私達の顔を交互に見た。

「ベイカーさん、私この人の持ち物壊しちゃったの」

「余所見《よそみ》してるからだぞ、あんたもすまないねうちの子が」

ベイカーさんは謝ると、男の人に手を貸して立たせた。

「い、いえ……」

男の人はしょんぼりと手の中で壊れたネックレスをまだ見ていた。

「壊したってそれか？」

ベイカーさんがそれを覗き込む。

「どこで売ってますか？　同じもの買ってきます！」

「そこまでする必要ないだろ、あんたも子供のやったことだ許してやれよ」

「あっ……もちろん。お嬢ちゃん気にしなくていいよ。はぁ……」

男の人は大丈夫と言いながらも、残念そうにため息をついた。

「やっぱり弁償します」

男の人があまりに悲しそうにするので、どこに売っているのかをもう一度聞く。

「いやこれは俺の村で作ったものなんだ、だからもう手に入らないんだよ。これは村を出る時、幼なじみが作ってくれたんだ」

「その村どこですか？　私行けますから！」

「凄く遠いところでね……しかも村はずいぶん前に魔物によって滅んでしまったんだ……」

男の人の話に、私は絶句した。

そんなに大切なものを壊してしまったのかと落ち込んでしまう。

そんな私に気が付いたのか、男の人は笑って私の頭に手を置いた。

「気にしないでくれ、きっともう過去を忘れろってことなんだよ」

男の人はそう言うと、壊れたネックレスをポケットにしまう。

「すみません！　お兄さんの名前は？」

「俺はエイベルだよ」

「私はミヅキです。せめてなにかお詫《わ》びをしたいです。させてください」

「本当に気にしなくていいのに……」

エイベルさんは力なく笑う。もう諦めているようだった。

「エイベルさんはずっとここにいますか？」

「俺は旅をしながら品物を売り買いしてるんだ。この村にはあと数日はいるよ、でも本当に気にしないでくれ」

エイベルさんはそう言うと、宿の場所を教えてくれて別れを告げた。

エイベルさんが見えなくなるまで見送ると、私はベイカーさんのほうを振り返る。

「ベイカーさん！」

「はぁ……分かったよ。飯はお預けだな」

「ありがとうございます！」

私はベイカーさんと村中のお店を回って、似たようなものはないか探した。

しかし似たものは全然見つからない。

「はぁ……作ったほうが早いかな」

「あいつの滅びた村に手がかりはないかな」

ベイカーさんの一言に、それだと閃《ひらめ》いた。

私はもう一度エイベルさんのところに向かい、村のことを細かく聞いた。

「うーん、かなり遠いみたいだな。山をいくつも越えるぞ」

【俺がいれば大丈夫だ】

【僕も手伝うよ！】

シルバとシンクが任せろと頷く。

「シルバ達がいれば大丈夫です！　ベイカーさんはいいよ」

私が来なくていいと言うと、ベイカーさんの目が吊り上がる。

「お前を一人にしていいことなんてない！　絶対についてくぞ」

別にいいけど……と私は仕方なく頷いた。

早速向かうため、私はシルバの背に乗った。

【かなり急ぐから、目をつぶってしっかりと掴まっていろ。シンクはミヅキが落ちないように防御魔法をかけてくれ】

【分かった】

私はシルバにしっかりと掴まると、ベイカーさんにかなり速く走ることを伝える。

【シルバ、一応ベイカーさんがついてこられる速度で行ってね】

【仕方ない】

シルバは嫌そうに頷くと走り出す。

こうして私達は一路、エイベルさんの村を目指した。

【ミヅキ、ここら辺じゃないか？】

シルバの声につぶっていた目を開き、顔を上げる。

何度か休憩を挟みつつ丸一日走り続けて、エイベルさんの故郷があった場所に辿り着いた。

「はぁ、はぁ、はぁ……」

ベイカーさんは少し遅れて到着すると、地面に大の字に寝転ぶ。

「ベイカーさん大丈夫？」

顔を覗き込むと汗びっしょりで息も荒いが、なんとか頷いた。

「どうにか、ついて、きたぞ」

ベイカーさんがこんなになるくらいだ、かなり遠かったのだろう。

「ベイカーさんは休んでて、私はシルバ達と少し周りを見てくるね」

「ま、待って……」

ベイカーさんの返事を待たずに、私達は周りを確認に向かった。

シンクが上からなにかないか探してくれる。

私はまたシルバに跨《またが》り、シンクの声に耳を傾けた。

【あれ、なんか向こうで騒いでる人がいるよ】

【人がいるの？】

私はシンクに問いかける。

【魔物の気配もするぞ】

シルバもシンクが言う先に魔物の気配を感じ取ったようだ。

【大変！　シルバ急いで】

シルバにその場所に連れていってもらうと、そこでは私と同じくらいの子供が魔物に追い詰められていた。

「ギャウ！」

魔物は群れでその子供を取り囲み、今にも襲いかかろうとしていた。

【シルバ！　シンク！】

私の声と同時に、二人は魔物に飛びかかった。

こうなると可哀想なのは魔物で、あっという間に撃退されキャンキャンと鳴きながら森の奥へと消えていった。

「大丈夫？」

私は腰を抜かしている子供のところに駆け寄ると、声をかけた。

「だ、大丈夫……だ」

子供は少し泣きべそをかきながらも、グッと堪《こら》えて頷いた。

「偉い偉い、おうちはどこ？　送っていくよ」

「な、なんだよ。お前だって同じ子供のくせに……」

その男の子は大丈夫だと立ち上がるが、足はまだ震えている。

「無理しないで、ほら掴まって」

私は男の子を支えると一緒に歩き出した。

「私はミヅキ、それでそこにいる可愛い子達がシルバとシンク。あなたの名前は？」

「俺はニック……」

ニックは仕方なさそうに名前を教えてくれる。

「ところでニック、私達どっかで会ったことある？」

私がそう聞くと、ニックは怪訝《けげん》な顔をする。

「なに言ってるの、今初めてだろ？」

ニックの歪《ゆが》んだ顔に、気のせいかと首を傾げた。

けれど、どこかで見たような気がしてならなかった。

「まぁいっか、それでニックはここでなにしてたの？」

ニックは顔を曇らせる。

その表情に事情がありそうな感じがした。

「俺は薬になる草を探しに……危ないけど、ここの森にしか生えてないからさ」

「薬？　どこか悪いの？」

ニックは健康そうに見えるけど。

「俺じゃなくて母さんが……魔物に傷を負わされた後、そこから菌が入ったらしくて熱が下がらないんだ……だから俺はこんな場所、出てけばいいのにって……」

なんだか訳ありのようだ。

「ここで会ったのもなにかの縁、その草探し手伝うよ」

「ミヅキが？」

「うん、シルバとシンクがいれば魔物が来ても全然へっちゃらだよ」

先程、シルバとシンクが魔物を追い払った様子を思い出したようで、ニックはコクッと頷く。

「じゃあ頼む」

ニックが頭を下げると、私は笑顔で頷き返した。

【おいミヅキ、俺達はそんなことしてる場合じゃないだろ？】

【そうだよー村の手がかり探すんでしょ？】

シルバとシンクはお人好しな私に呆れている。

【だって困ってるし、ほっとけないじゃん。それにニックを助けてから村のことを聞けば一石二鳥だよ】

シルバ達は言っても無駄だと思ったのか、私に付き合ってくれるようだ。

「それでその草ってどんなの？」

「高い崖《がけ》に生えてて、白い花を咲かせるんだ」

「崖《がけ》に白い花ね！」

【シンク！】

【はーい！】

シンクは近くの崖《がけ》に向かって飛んでいった。

そしてしばらくすると、白い花を見つけたと教えてくれる。

「ニック、こっち！」

私はシンクの案内で、ニックとその場に向かった。

「あの花？」

シンクの教えてくれた崖《がけ》に着くと、かなり高いところにポツンと白い花が生えていた。

「あれだ！」

ニックは興奮して崖《がけ》に登ろうとする。

「ちょっと！　危ないよ」

「でも、やっと見つけたんだ！」

「ま、待って！」

シンクは鳥だから草をとれそうにない。シルバも崖《がけ》は登れるが草をとるのは難しそうだ。

「薬にするのに、シルバが口に咥《くわ》えたものでも平気？」

ニックに確認すると、それなら自分が登ると言って譲らない。

【仕方ない、シルバ私を乗せてくれる？】

【ミヅキを乗せて……でも草を掴む時、手を離すだろ？　危ないぞ】

【そのくらい大丈夫だよ！　これでも私は冒険者だよ】

シルバは渋い顔をしているが、どうにか説得して私がとりに行くことになった。

「じゃニックはそこにいてね」

「大丈夫か？」

ニックが心配そうにしているけど、私は大丈夫だと笑い、シルバの背に乗った。

シルバは軽々と崖《がけ》を登るが、ほぼ九十度の崖《がけ》のおかげで私は両手でシルバにしがみつくのが精一杯だった。

【ミヅキ平気か？】

【だ、大丈夫！　草のところまで行って】

シルバは足場を確認しながらダダっと登ると、あと少しで花に手が届く場所まで来た。

【よ、よし！】

私はシルバから身を乗り出して手を伸ばす。

あと少し、届きそうで届かない。

頑張って体を更に伸ばすと、シルバを掴んでいた手からシルバのサラサラな毛が離れた。

「あっ！」

私はバランスを崩してシルバから落ちてしまった。

やっちゃった！

目を閉じて痛みに耐えようと全身に力を込めたけど、なにかに体を受け止められる。

そっと目を開けると、そこには私を抱えるベイカーさんがいた。

「ちょっと目を離した隙にどうなってる？」

ベイカーさんは、こめかみをピクピクさせながら笑顔を見せた。

「えーと、これには深い理由が……」

「言い訳無用！」

ベイカーさんから愛情の拳骨《げんこつ》グリグリを食らうと、私は頭を抱えつつ地面に下り立った。

こめかみをさすりながらベイカーさんに事情を説明すると、ベイカーさんは猿のようにスルスルと崖《がけ》に登り草を摘んできてくれた。

「はいニック。これでお母さんよくなるね」

草をニックに渡すと、ニックは嬉しそうにそれを受け取ってくれた。

「ありがとう！　なんてお礼を言えば……」

「お礼は家に招待してくれればいいよ！」

ニックの言葉を遮って、私はニコリと笑った。

「え、うち？」

「うん、聞きたいこともあるしね」

ニックは仕方ないと了承してくれた。

【ミヅキ、俺は少し森を走ってきていいか？】

シルバはまだ物足りないのか、うずうずとしている。

【うん、いいよ。迷子にならないでね】

【ミヅキの場所はすぐに分かる】

【僕も行くー】

シルバとシンクは二人で森へと消えていった。

「あれ、あの魔獣は？」

ニックが消えたシルバ達を心配する。

「二人は少し遊んでくるって、強いから気にしないで」

私達はニックの家へと案内された。

「ここだよ」

ニックが案内してくれた家は、家というより掘っ立て小屋のようだった。

「ここに住んでるの？」

「そうだよ……」

周りを見ても建っているのはニックの家だけだった。

「ニック以外の家はないの？」

「あぁ、今ここに住んでるのは俺達だけだ。以前、魔物に村をめちゃくちゃにされて皆出ていっちゃった」

ニックは寂《さび》しそうにそう言った。

ん？　魔物に滅ぼされた？

私はなにかが引っ掛かり、それをニックに聞こうとするが、ニックは家に入ってしまう。

「ただいま」

「ニック……あら、お客さん？」

「あっ！　寝てろよ！」

ニックのお母さんは、少しやつれた感じでベッドに座っていた。

そして私達を見て立ち上がろうとするのをニックが止める。

「お構いなく」

私達は大丈夫だと頭を下げる。

「すみません、お迎えもできなくて……」

青白い顔で優しく笑う。健康ならきっと綺麗な人だろう。

「お母さん、この人達が薬の草をとってくれたんだ！　今薬にしてくるから待ってて！」

ニックは草を見せると嬉しそうに隣の部屋に向かった。

どうやら隣に厨房《ちゅうぼう》があり、そこで薬を作るみたいだ。

そんなニックをお母さんは悲しそうに見つめる。

「なぁミヅキ、さっきあの坊主が言ってたのって……」

「うん、ニック達はエイベルさんの村の人かも」

私とベイカーさんはコソコソと話した。

「ていうかさ、あの花なんだけどあれってただの花じゃねぇか？　村でも見たことあるぞ」

「え？」

私は驚いてニックのお母さんを見た。

「あなたは……」

「俺は冒険者だ。たまに依頼を受けるが薬になるって聞いたことはないぞ」

「そうですよね……」

ニックのお母さんは悲しそうに微笑んだ。

聞けば自分はもう長くないと思って諦めているのだが、それでもニックが毎日危ない森に行っては薬になるものを探そうとするので、絶対に行けない場所に生えてる草を教えたらしい。

「そんな、お母さん治らないんですか！」

「こんな山奥じゃ薬も手に入らなくてね……」

「なら、なんでこんなところに住んでるんですか」

「村はなくなっちゃったから、あの人が帰ってきたら悲しむと思って」

お母さんはそう言って儚《はかな》げに笑う。

その顔は恋してる顔に見えた。

「それってニックの？」

「ええ、でも彼はニックが生まれたことは知らないわ……ねぇ初めてあった方にこんなお願いすべきではないと思うけど、どうかあの子を人のいる町に連れていってくれないかしら」

「それならお母さんも」

彼女はふるふると首を振る。

「私が一緒にいたらあの子の負担になる。あの子一人なら、住み込みでもなんでもやっていけるわ。なんたってなんでもできる凄い子だもの」

お母さんは泣きそうな顔で笑った。

「やだ！　俺はずっとここに母さんといるぞ！」

ニックは草を煎《せん》じたお茶を持って扉の前に立っていた。

「ニック……私はもう」

「大丈夫だ、これ飲めば」

ニックは涙を浮かべてお茶をお母さんに渡した。

「ありがとう……」

お母さんはそれを受け取ると、ゆっくりと飲み干した。

ニックはお母さんがお茶を飲むのを泣きながら見ていたが、泣き疲れてそのままお母さんの側で眠ってしまった。

お母さんはそんなニックを愛おしそうに撫《な》でている。

「お願いします、この子の寝ているうちに……」

お母さんのお願いに、私とベイカーさんは目を合わせた。

「分かりました。その代わり少しだけあなたの病気の状態を私に見せてください」

「え、私の？」

「はい、こう見えて回復魔法は得意なんです」

私はニッコリと笑った。

まずは原因となった怪我を見せてもらう。

傷は治っているが、周りは青黒く内出血しているように見えた。

そこに回復魔法をかけて、次に体内の菌を退治する。

「うそ……体の痛みが消えた」

お母さんは信じられないと自分の体を確認している。

そして立ち上がろうとしたけど、筋力が落ちていたのかふらついて床に倒れてしまった。

「大丈夫ですか！」

慌てて支えると、お母さんの首元にキラリと光るネックレスが見えた。

「あー！」

私は思わず大声をあげた。

私の大声にシルバ達が飛んで戻ってきた。

シルバ達も戻ってきたし、目的も果たしたので、私達は自分達の町に帰ることにした。

帰りは二日かけてゆっくりと戻り、着いたその足でエイベルさんのもとに向かった。

「エイベルさん！」

「あっ、ミヅキちゃんだっけ」

エイベルさんは私を笑顔で迎えてくれた。

「エイベルさん、この間は大事なネックレスを壊してしまってすみませんでした。代わりにこれを受け取ってください」

私はエイベルさんが持っていたのと同じネックレスを渡した。

「え、こ、これは！　一体どこで！」

エイベルさんはそれを受け取ると、驚いて私に詰め寄った。

「それはゆっくり説明します。でもお腹すいたから食べながらでもいいですか？」

「あ、ああもちろん！」

私はエイベルさんとお店に向かった。

料理を注文すると、エイベルさんは早く話が聞きたいのかソワソワし始める。

私はエイベルさんの村に行ったことから話し出した。

「そこでエイベルさんの故郷の生き残りの人達に会ったんです」

「生き残り……けれどこのネックレスは」

「はい、同じものはこの世に二つしかないみたいですね」

「なぜそれを⁉」

「そのネックレスをくれた人が言ってました」

「くれた人？」

「ソフィーさんって人です」

名前を聞くとエイベルさんは呆《ほう》けたように力が抜ける。

「ソフィー……生きていたのか」

そして嬉しそうに涙を流した。

「でもソフィーさん病気で長くないみたいでした。事情を話したらそのネックレスをくれて……」

「ちょ、ちょっと待て！　ソフィーが病気だって！」

エイベルさんは立ち上がると、急いでどこかに行こうとする。

「どこに行くんですか？」

「もちろんソフィーのところだ！」

「でも行っても、もう亡くなってるかも」

「それでも行く！　ソフィーは俺が愛した女性なんだ！」

エイベルさんになにを言っても無駄なようだった。

「らしいですよ、ソフィーさん」

私は後ろの席に向かって笑いながら声をかける。

「え⁉」

驚くエイベルさんが後ろの席に目をやると、そこには顔を赤く染めるソフィーさんがいた。

「エイベル……」

「ソフィー！」

エイベルさんはソフィーさんに駆け寄ると、人目もはばからず抱きしめた。

「会いたかった……」

「私も……」

ソフィーさんも嬉しそうに呟く。

「それと紹介したい子がいるの、ニックよ」

ソフィーさんは、隣に座るニックをエイベルさんに紹介した。

「ニック？　え？　え!?　まさか！」

エイベルさんはニックを見て驚きに言葉を失った。

そうニックはエイベルさんの息子だったのだ。

道理でどこかで見たことある顔のはずだ。

ニックはエイベルさんによく似ていた。

「あなたの子よ」

ソフィーさんにそう言われて、エイベルさんはソフィーさんとニックを交互に見る。

「エイベル……」

ソフィーさんはなにも言わないエイベルさんに、少し不安になったみたいだ。

エイベルさんが帰ってこなければ、ニックのことはずっと秘密にしていようと思っていたそうだ。

エイベルさんはそっとニックに手を伸ばす。

ニックはビクッと目をつぶると……次の瞬間エイベルさんに抱き上げられていた。

「俺の子！　なんて可愛いんだ！」

「や、やめろ！　恥ずかしい」

エイベルさんは嬉しそうにニックを掲げるけど、ニックは「下ろせ」と恥ずかしそうに叫んだ。

そんな様子にソフィーさんは幸せそうに涙ぐみ、二人を見つめていた。

「本当にありがとうございました」

「お幸せに！」

幸せそうな親子三人を見送り、私達も帰路についた。

「しかし最初はどうなることかと思ったけど、上手く収まってよかったな」

「そうだね、やっぱり親子一緒がいいもんね」

私がそう言うと、ベイカーさんはヒョイっと私を抱き上げて肩車をする。

「さーて、じゃあ俺達は食べそびれたご飯をどうする？」

「ふふ、今から食べに行こっか！」

「いっぱい食べるぞー」

「ベイカーさんほどほどにね」

【俺も食べるぞ！】

【僕もお腹ペコペコ！】

【皆で行こう!】

私達は四人仲良く食べ物屋に向かって走り出した。

LEAVE ME ALONE!
ほっといて下さい
従魔とチートライフ楽しみたい!
1~2
原作 三園七詩
Nanashi Misono
漫画 鳴希りお
Rio Naruki
RC Regina COMICS
大好評発売中!
伝説のもふもふお供に愛され幼女、異世界満喫中!?
OLのミヅキは、目が覚めると見知らぬ森にいた――なぜか幼女の姿で。どうやら異世界に転生してしまったらしく困り果てるミヅキだったが、伝説級の魔獣フェンリルに敏腕A級冒険者と、なぜだか次々に心強い味方――もとい信奉者が増えていき……!?
無自覚チートな愛され幼女のほのぼのファンタジー、待望のコミカライズ!
ほっといて下さい
従魔とチートライフ楽しみたい!
2
ふわもふ聖獣増えちゃいました!!
270万突破!!!
超人気作、待望のコミカライズ!
アルファポリス 漫画 検索
Webにて好評連載中!
B6判／各定価：748円（10%税込）

新＊感＊覚ファンタジー！

レジーナブックス
Regina

レジーナブックス Regina

愛され構われ、
王都生活満喫中!

貧乏領主の娘は
王都でみんなを
幸せにします

三園七詩
イラスト：双葉はづき（装丁）、
フルーツパンチ。（挿絵）
定価：1320円（10% 税込）

田舎に住む貧乏領主の娘・ローズの元に王都から『第二王子の婚約者候補として、国中の貴族の娘を王都に招集する』といった内容の手紙が届く。貴族の務めを果たす為、ローズは王都へ行き婚約者候補を辞退するぞと意気込んでいたものの……ひょんなことから、王子本人やその幼馴染、同じ婚約者候補の侯爵令嬢に追いかけまわされて――!?

詳しくは公式サイトにてご確認ください
https://www.regina-books.com/

携帯サイトはこちらから！

新感覚ファンタジー
RB レジーナ文庫

最強の竜の番になりました

レジーナブックス Regina

婚約破棄された目隠れ令嬢は白金の竜王に溺愛される

高遠すばる　イラスト：凪かすみ

定価：704円（10%税込）

義理の家族に虐げられた上、婚約者を義妹に奪われ、婚約破棄された挙句に国外追放を告げられたリオン。――だれか、助けて。そうつぶやいた瞬間、リオンは見知らぬ美しい青年に救い出された。彼は世界で最も強い竜の国を治める王らしく、リオンを「だれよりも愛しい番《つがい》」と呼んで、慈しんでくれ……

詳しくは公式サイトにてご確認ください
https://www.regina-books.com/

携帯サイトはこちらから！

新感覚ファンタジー
RB レジーナ文庫

レンタルーナ、爆誕!!

レジーナブックス Regina

パーティを追い出されましたがむしろ好都合です！ 1〜2

八神凪　イラスト：ネコメガネ

定価：704円（10%税込）

補助魔法が使える前衛として、パーティに属しているルーナ。ドスケベ勇者に辟易しながらも魔物退治に勤しんでいたある日、勇者を取り合う同パーティメンバーの三人娘から、一方的に契約の解除を告げられる。彼女達の嫉妬にうんざりしていたルーナは快諾。心機一転、新たな冒険に繰り出して……

詳しくは公式サイトにてご確認ください

https://www.regina-books.com/

携帯サイトはこちらから！

本書は、2020年12月当社より単行本として刊行されたものに書き下ろしを加えて文庫化したものです。

この作品に対する皆様のご意見・ご感想をお待ちしております。
おハガキ・お手紙は以下の宛先にお送りください。
【宛先】
〒150-6008 東京都渋谷区恵比寿4-20-3 恵比寿ガーデンプレイスタワー 8F
(株) アルファポリス　書籍感想係

メールフォームでのご意見・ご感想は右のQRコードから、
あるいは以下のワードで検索をかけてください。

アルファポリス　書籍の感想　検索

ご感想はこちらから

レジーナ文庫

ほっといて下《くだ》さい2　～従魔《じゅうま》とチートライフ楽《たの》しみたい！～

三園七詩《みそのななし》

2023年5月20日初版発行

文庫編集－斧木悠子・森 順子
編集長－倉持真理
発行者－梶本雄介
発行所－株式会社アルファポリス
〒150-6008 東京都渋谷区恵比寿4-20-3 恵比寿ガーデンプレイスタワー8階
TEL 03-6277-1601（営業）　03-6277-1602（編集）
URL https://www.alphapolis.co.jp/
発売元－株式会社星雲社（共同出版社・流通責任出版社）
〒112-0005 東京都文京区水道1-3-30
TEL 03-3868-3275
装丁・本文イラスト－あめや
装丁デザイン－AFTERGLOW
（レーベルフォーマットデザイン－ansyyqdesign）
印刷－中央精版印刷株式会社

価格はカバーに表示されてあります。
落丁乱丁の場合はアルファポリスまでご連絡ください。
送料は小社負担でお取り替えします。
©Nanashi Misono 2023.Printed in Japan
ISBN978-4-434-32020-0 C0193